津島佑子 光と水は地を覆えり

川村湊
Kawamura, Minato

インスクリプト
INSCRIPT Inc.

目次

津島佑子　光と水は地を覆えり

I　光との戦い——フクシマから遠く離れて

1　熊たちの過酷な日々

うららかな春である。のどかな光が野面を蔽い、緑なす草花や雑草がたくましく茂っている。野中を流れる細い川は、水草をさらさらと流れにたなびかせ、風は、草や水や光の匂いを運んでくる。光の匂い？　光に匂いなんかあっただろうか？　いつの間に、光が匂うようになったのか。たぶん、数年前の「あのこと」があった日から。危ない光を嗅ぎわけられるように、私たちの鼻は進化したのだ。嗅覚によって、危険な放射線の混じった光を弁別するために。

川上弘美の「神様　２０１１」（『群像』二〇一一年六月号）は、自分のデビュー作の「神様」

を書き換えたものだ。今では、この書き換えバージョンの「神様　２０１１」と「神様」を収録した『神様　２０１１』（二〇一一年九月、講談社）が、「震災後文学」「原発小説」の嚆矢であったという評価が定着している。[1]書き換えた場所は、ほんのわずかだ。「神様」は、「わたし」のアパートの三つ隣の部屋に引っ越してきた「くま」に誘われて、川原にお弁当を持って散歩に行くという話である。のどかな寓話（童話）風の作品である。

熊は熊でありながら、「お嬢さん」と対話する童謡「森のくまさん」のように、人間的で、人語を操る。「わたし」は、この暢気で、力持ちで、優しくて親切な「くま」を快く思っているようだ。親愛しているといってよい。だが、「あのこと」があって以来、何かが変わった。「わたし」と「くま」との散歩は、暢気で、のんびりしたものであるのは変わっていないけれど、周りの環境が変わってしまったのだ。

光に色がついた。光に匂いがついた。もちろん、本当はそんなことはない。風も、光も、水も前と同じだ。しかし、以前に川でのんびりと釣りをしたり、子ども連れで遊んでいた人たちはいない。今は不気味な防護服を着ている男たちの、「くまは、ストロンチウムにも、それからプルトニウムにも強いんだってな」と、羨ましいのか、妬《ねた》ましいのか、そんなささやきが「わたしたち」の耳にも入ってくる。「わたし」は、別れの挨拶に「くま」を強くハグすることができない。以前は恥じらいから、「あのこと」以来はたぶんみんなは互いに抱擁し合わなくなったのだ。熊は決して人間より放射能に強いということはなく、その黒い、ふわふわした毛皮の表面は（表面だけではなく、内部も）放射能にすっかり汚染されているからだろう。

もう一頭の熊がいる。津島佑子の「ヒグマの静かな海」（『新潮』二〇一一年十二月号）のなかのヒグマだ。彼（主人公の熊は雄である）は、海へ泳ぎ出し、本来、熊のいない利尻島を目指したのだ。熊の棲息しない離島へ向かったヒグマの行く手には、彼が島に入ることを阻止しようとする先住の人間の漁師たちの斧などの武器が控えていた。

しかし、〝静かな海〟のなかで、ヒグマはおとなしく、漁師たちの攻撃に、抵抗もせず、威嚇のための吠え声もたてず、従容として死んでゆく。ブラキストン・ライン（＝津軽海峡を走る、北海道と本州の間の生物分布の境界線）を越えて、下北半島以南にヒグマが棲息しないように、利尻水道を越えて、ヒグマが利尻島に渡って行くことは、許されないことなのだ。

ヒグマは、風向きの変わった世界から逃避しようとしたのである。もちろん、ヒグマは、その後に自分の棲んでいた北海道まで不穏な風や雨がやって来ることを予見していたわけではない。しかし、何か危険なものに汚染された風、雨、土、草、木から逃れ出なければならないという本能に従って海を渡っただけだ。降り注ぐ光は変わっていない。海の色も真っ蒼で、水平線上に姿を現した利尻岳の三角錐の山容は、緑そのままではないか。つんと鼻を突く光の匂い。乱反射する素粒子が、空気のなかを光速、電磁波の速さで走り回っている。何度も滅びかけ、今も滅びつつある、北方の大型獣のヒグマだからこそ、放射能をいっぱいに含んだ、そんな危ない光に背を向けて、少しでも安全と思われるところに避難しようとしただけなのだ。けれど、人間たちは、そんなヒグマの逃避を許さなかった。大きくて、頑丈な体軀を持つ熊が大慌てで逃げ出せば、人間や小型獣の世界でパニックが起こることは必定だ。それで、逃避してくるものを包囲し、島に入ることを拒み、見せしめのように惨殺しなければならなかったのである。熊の神様（カムイ）を、丁重にカムイ・モシリ（神の世）に送り返すイオマンテ（熊祭）の儀式とは、まったく逆の残虐な方法によって。

熊が逃げようとしたのは、人間の世界で3・11と呼ばれる大事変があったからだ（ヒグマが海を渡ろうとしたのは作中で一九一二年であり、時間系列的には齟齬しているが）。たぶん、それを過剰な対応だと考える人はいるだろう。熊の棲む北海道まで、フクシマからの原子風や放射性雲は、やってこない。もし、やってくれば、たかだか数キロの海を泳いで、利尻島へ渡ったところで、同じことだ。第一、逃げていった先で、小説に書かれているように、侵入を阻もうとする漁師たちに、頭を斧で割られて殺されてしまうのでは、何のための避難の遠泳かわからない。あたら、命を縮めただけにしか過ぎないじゃないか。

もっとも、こんな批判は、熊には（作者にも）わかっていた。作者の津島佑子は、現実の社会のなかでは、むしろ〝逃げない〟ことを選択していた。「逃げなさい、部屋を用意するから、遠慮なく友だちも連れて逃げていらっしゃい」という誘いを、台北から、北京から、オタワから呼びかけられ続けたと、津島佑子は、そのエッセイのなかで書いている[2]（「この「傷」から見つかるものは」『新潮』二〇一二年四月号。『夢の歌から』所収、インスクリプト、二〇一六）。北海道のヒグマとは違って、彼女は、北方へ、南方へ、逃げてこいという知人たちの愛情と思いやりの溢れる勧誘を振り切って、「ここ」にとどまることを決意したのである。「「亡命者」になるべく、この国から逃げる準備だけはしておいた。でも、今ここを離れたら、「現場」が見えなくなる。それはいやだ。そんな思いは確かにあった」と、津島佑子は書いている。

こう書いていたのだから、〝逃げる〟という選択肢がなかったわけではない。でも、逃げなかった。それは、逃げたら、卑怯とか、臆病といわれるとか、いわれない非難を浴びるからとか、政府や権威筋が、逃げる必要はない、といっているからとか、といった理由からではない。危機感を煽るような情報と、落ち着け、軽挙妄動をするなという暗黙の自粛的な命令はどこからか発せられていた。だが、それよりも、外部、外国からの避難への促しの声は強く、多かった。しかし、逃げなかったのは、彼女が、勇敢だからでも、無知だからでもなく、またその方法がなかったわけでもない。

「現場」といっても、「被災地」にわざわざ出かけるという意味ではない。地震と原発の爆発事故で、東京での生活も大きな影響を受けた。まして爆発事故を起こした福島の原発は東京を中心とする首都圏に送電するための発電施設なので、私もその電気を使っていたことになる。つまり、私自身の生活が「現場」にほかならず、それがどのように変化し、推移していくのだろう、今眼を離すわけにはいかない、と感じていた。

もちろん、これを見上げた作家魂だ、などと持ち上げるために、引いたわけではない。作家は、「書くだけしかない」のだ。作家は、ひどく傷つき、悲しみにも襲われているのだけれど、「なにを失ったのかぼんやりしたままなのだ」。そうした悲愴感や茫然自失の感情を克服するためには、作家は自分のことばで何とか作品を作り上げてゆくほかないのだ。「作品の世界から、私自身の失ってしまったものが浮かびあがってくるかもしれないし、なにも浮かびあがらないままなのかもしれない。書いてみなければわからない。どれだけ書けるのかもわからない。でも、小説を書くことでしかつかめないものを、私は失い、そのことを深く悲しんでいるのだろう、ということだけは、はっきりと感じている」と、津島佑子は、何十年も小説を書き続けてきたベテランの小説家とは思えないほど、初々《ういうい》しく、新鮮な情熱で、小説を書き続けることの決意を、ここで語っているのである。

その最初の作品が、「ヒグマの静かな海」であり、そこでは〝逃げない〟決意が書かれていた。いや、厳密にいうと、「現場」から〝逃げる〟ことは、「書くことの死」であり、作家の分身であるヒグマの身の上に降りかかった、不条理な暴力であり、それにあっさりと負けてしまうことにほかならないということだ。ヒグマは、何を失ったか、ぼんやりとしたまま、〝静かに〟死ななければならなかった。そうであっては、いけない。悲劇の死を従容と迎えてはいけない。そこから、津島佑子の〝最後〟の戦いが始まっていったのである。

2　船とドーム

池澤夏樹の『双頭の船』（新潮社）も、物語の冒頭で語られるのは、熊である。第一話の「ベアマン」は、ブラキストン・ラインを越えて、北海道に棲息するはずのないツキノワグマを、札幌から車で運んで、苫小牧からフェリーで、「内地」の東北の森へ帰そうとするベアマンの行動が寓話的に描かれる。故郷、本籍地へツキノワグマを帰そうというのである。シベリアから、知床半島へとオオカミを移動させるという話もある。つまり、この小説のモチーフとして、原子力発電所の事故によって放射能に汚染された地区から（〝空が壊れた〟と表現される）、動物たち、生き物たち（もちろん、人間も含む）を避難させ、逃避させ、移住させせて、安住の地を求めようとする、ノアの方舟の神話を強く意識したものとなっているのである。

だが、義人ノアの方舟と違っているのは、船の構造自体が〝双頭〟の船であって、どちらの方向へもたやすく転換できる多義性、多重性を持つ船であるということだ。

長い航海を終えて安住の地に、うまく碇泊し、上陸することができるのか、それとも〝ひょっこりひょうたん島〟のように、安定し、安住できると思われた島自体が、実は、海の上を自由自在に動き回る〝移動する島〟なのか。方舟のような存在こそが、最終の（永遠にたどりつかない）目的地へと向かうものということなのか。

だから、ベアマンによって森に放たれようとするツキノワグマも、決して〝故郷の森〟に帰ったわけではない。故郷は、もう、空も海も森も〝壊れて〟しまっている。そこへは帰ることができない。避難所としての船上か、新しい森、汚染を免れた新しい野山を捜さねばならないのだ。新しい陸地の故郷を見つけ出すのか。それとも、永遠に海上をさまよう漂流船のような場所で生き続けるのか。放射線の数値の高い避難地域に帰還するのか、それとも新たな定住の場所を見つけ出すべきなのか。

フクシマの放射能の光を逃れて来た人たちは、突きつけられている選択肢をどうしても選ばなければならないのか。『双頭の船』では、こうした二者択一ではない可能性が示されていると思われるが、フクシマの人々が現実的に直面していることと直接的にむすびつけることは困難だ。なぜなら、それは、現実的な避難民、日本のなかで生まれたディアスポラの原発難民、放射能難民のことというより、まさにそうした「現場」に生きている文学者、小説家の選択肢のことにほかならないからだ。
故郷へ戻るべきか。それとも、〝壊れた空〟や〝汚された大地〟を見捨てて、世界中に平安な地（あるいは海）を見つけるために、さまよい続けるべきなのか。

津島佑子の『ヤマネコ・ドーム』（『群像』二〇一三年一月号。単行本、講談社、二〇一三年五月）では、主人公の一人、ミッチが、放射能で汚染されているはずの〝故国〟である日本の東京に帰ってくる。「放射能が銀色の霧そっくりに、その世界にはたちこめていた」、きわめて危険で、剣呑な街となってしまった東京へ。ミッチの分身のようだったカズ（兄弟以上の〝兄弟〟だった）は、死んでいて、そのお骨は、カズが住んでいて、今はミッチが東京に滞在する時に使っている都内の部屋に置かれている。ミッチは、東京に帰ってきて、幼馴染のヨン子に電話をする。いっしょに、逃げよう。「おまえ、早く逃げなくちゃ。放射能がこわくないのか？」と。

『ヤマネコ・ドーム』は、3・11の放射能の光が散乱する、フクシマ以後の環境のなかで書かれた。複数の語り手による「語り」は、過去に飛び、現在に戻り、また過去へと遡るといった具合で、「語り」の流れはスムーズには流れない。ミッチとカズ、ヨン子、ノブやトミーやアミちゃんといった登場人物たちは、敗戦後の日本で混血孤児のホームで育った、米兵（白人も黒人もいる）とのハーフの子どもたちだ（ヨン子はその施設に関わる関係者の子どもだったが)。彼ら、彼女らのなかには、幼い時に経験したトラウマとなる事件があった。仲間の一人のミキちゃん(オレンジ色の明るいスカートをはいていた)が、池に落ちて溺死するのを見たというトラウマだ。ミキちゃんの側にはヨン子の家の近所に住むター坊がいた。彼がミキちゃんを池に突き落としたのか?……。

成長した子どもたちは、アメリカやフランスやイタリアにいる。彼らはそれぞれに、日本が嫌いであり、日本から離れることを選んだのだ。しかし、彼らの生まれ育った日本で、激しい地震が起こり、大きな津波が押し寄せ、続けて、四つもの原子力発電所の施設が爆発したという。ミッチは、これらのニュースを知って、こう思う。

日本列島なんかこの世から消えてしまえ、日本は世界でいちばん、いやな国だ、と今まで呪いつづけてきた。カズが日本に生きつづけていてくれたころは、それでもまだ、がまんできた。十年前にカズが死んでから、ミッチは日本を忌み嫌う気持ばかりをつのらせてきた、日本を離れていれば、カズだってあんなに早く死なずに済んだかもしれないんだ。日本には、もう戻りたくない。日本のことはすべて忘れてやる。けれど、ミッチは日本で起きた津波と原発事故を知って、気がついた。日本が大きらいだってことは、日本にそれだけ関心があったことになるんだ、と。

こうした逆説的な意識は、ある程度、日本列島に住むほとんどの人間や、日本人に共通するものではないだろうか。3・11以後に、私たちは、この列島がまるで海の上に浮かぶクラゲのように頼りない大地であり（クラゲなすタダヨえる島）、四方を圧倒的な海水で囲まれ、原子力発電所のような剣呑なものを、決して作ってはいけなかった土地であることを知った。そんな危険な施設と同居しながら、安閑として暮らしていた私たちの生活が、累卵の危うさ、ダモクレスの剣の下のものであったことを認識せざるをえなかった。これまで疑うことのなかった「現在の生活」ののんべんだらりとした〝終わりなき世界〟が、にわかに変貌した。牙をむき出しにした悪意が日本中を覆った。日本が好きな人間も、嫌いな人間も、無関心で、考えることから逃避し、放棄していた人間も、この国の行く末に、関心や不安や恐怖を持たざるをえなくなったのである。

原発事故が起きたことで、私たちは原発のことに関心を持たせられた。日本の未来に責任を感じるようになった。子どもや、孫たちの将来に対する関心や関与や干渉を、真剣に考えざるをえなくなったのだ。

『笑いオオカミ』、『ヤマネコ・ドーム』、『ジャッカ・ドフニ　海の記憶の物語』の津島佑子晩年の長篇小説には、共通したテーマがある。それは、少年少女の主人公たちが、根拠地というべき〝故郷〟を離れて、漂泊、流離、彷徨の旅を続けなければならなかったという、ロード・ムービー的なストーリーだ。

こうしたテーマが、津島佑子という小説家にとって、固有の、作家論的な、継続して書き綴られてきたモチーフであること（3・11以後に俄かに登場したものではないこと）は、『笑いオオカミ』が3・11以前に書かれたものであることの一点を見ても、容易にわかることだ。

だが、3・11の原発震災事故が起こり、フクシマの子どもたちが、避難、疎開、逃避を迫られるようになったという現実の出来事が、作家のモチーフをより強化させ、深刻化させたことは疑いないだろう。さらにいうと、フクシマの事態が、津島佑子のこうした文学のテーマ、モチーフを、より強度のあるものとしたのである。

日本国内を、それも東北地方を中心とした『笑いオオカミ』の「モーグリ」と「アケーラ」の旅は、東京から関東、そして東北へと向かう東日本に偏ったものだったが（それにしても、二人の少年少女が放浪した地域が、3・11以後の放射能汚染地域と重なるように見えるのは、単なる偶然と片付けてよいのだろうか？）、3・11以後に書かれた『ヤマネコ・ドーム』のミッチやカズ、『ジャッカ・ドフニ』のチカップやジュリアンは、もっとグローバルに、地球上を広範囲に流離、放浪しなければならないようになった。もちろん、これは『あまりに野蛮な』（講談社）や『ナラ・レポート』（文藝春秋）や『葦舟、飛んだ』（毎日新聞社）や『黄金の夢の歌』（講談社）などの、まさに津島佑子の完成期の充実した長篇小説が、日本国内を中心としながら、台湾や満洲や中央アジアなどのアジアの各地域の歴史の時間と空間を、奔放に移動しながら物語が綴られていることとパラレルな現象だ。フクシマの子どもたちが、近隣の県だけではなく、北海道、沖縄、さらには外国へと移動、移住してゆかねばならなくなったように。

津島佑子の震災後の小説が、小説的強度を保っているのは、こうした作家論的な固有のモチーフと、3・11以後の社会的な状況が、共振的な関係を持ったからである。個人の創作的モチベーションが、社会的な変動のうねりと共鳴したといってよい。子どもたちが、もっとも悲惨な被害を受ける福島原発からの放射能の飛散。ヨウ素131は、子どもたちの軟らかな甲状腺を襲い、セシウム137は、心筋梗塞や心臓麻痺を引き起こし、血管、神経系を冒し、卵巣や精巣の遺伝子に異常を引き起こさせるという[3]。

産む性としての女性、そして産まれた（そして産まれなかった）子どもたちとの母と子の関わりを、『寵児』や『山を走る女』などの小説群で書き綴ってきた作家の津島佑子が、母体としての女と、子どもたちの危機に対して、自分の問題として、そして社会、世界の問題として、「作品を書く」ことを使命としなければならなかったことは、小説家として必然的なことだった。『ヤマネコ・ドーム』や『ジャッカ・ドフニ』に、フクシマ以後の日本社会の不安と恐怖、放射能への限りない嫌悪と憎悪が書かれることは当然であり、そこに混乱し、困惑して、うろたえる人々の姿が描き出されることは、まさに必然だったのである。

3　夏の家とヤマネコ・ドーム

ところで、ここで疑問が一つある。標題にある「ヤマネコ・ドーム」というのが、本文のなかにほとんど見当たらないということだ。「ヤマネコ」という単語は、作中に何度か出てくる。だが、それは作品世界のなかで特別な役割を持っているのではなく、ただ動物の名前として羅列されているものの一種という感じだ。「ドーム」というのは、本文中ではなく、表紙の写真、そしてその表紙について解説した、最後の「あとがき」のような作者自身の文章で言及される。表紙として使った写真は、マーシャル諸島共和国のエニウェトク環礁で行われていた核実験の遺跡（放射能の汚染物質を集積した場所）を、巨大なコンクリートのドームで覆った「ルニット・ドーム」といわれているもので、その周囲にはマーシャル語と英語で「危険　近づくな」と書いた看板が立てられていたが、すでにその文字は薄れ、読み取りにくくなっていると、報告されているという。

表紙の写真は、「ルニット・ドーム」であって、「ヤマネコ・ドーム」ではない。ヤマネコを持ち出してきたのは、『笑いオオカミ』という題名で分かるように、作家、津島佑子が執着していた小猛獣といった存在を、自分の小説の標題に使いたかったという小説家の個人的な嗜好や趣味のようなものだったかもしれない。『笑いオオカミ』のなかでは、オオカミは、比喩的にも、象徴的にも、特別な存在だったといえるが、『ヤマネコ・ドーム』のなかでは、「ウサギも、リスも、テンも、ヤマネコも、それにイノシシもいる」といった具合で、動物のなかでも、ヤマネコが特別な存在ということはない。「ヤマネコを一度見たかったけれど、残念ね、それはかなわなかった。ヤマネコは夜行性だものね。そういえば、ミッチの眼はときどきヤマネコみたいにひかるのね。魅力的な眼だわ」というのが、この長篇小説のなかで、ヤマネコに言及した、数少ない場面の一つだ。こうした言葉から、「ヤマネコ・ドーム」という標題を考えつくまで、かなりの逕庭があるように思われる。

マーシャル諸島の環礁で行った原水爆実験の放射能を封じ込めるための保管場所（巨大な穴）を覆ったドーム。津島佑子は、それを夜の森をひっそりと歩く夜行性の小猛獣ヤマネコの名前をとって、〝ヤマネコ・ドーム〟と名付けてみたのだろう。隙間から洩れる放射能の光（そんなことがあってはならないが）。あるいはドーム全体が放射能によって、ヤマネコの眼のように、夜中に光るのかもしれない。

『ジャッカ・ドフニ』もそうだが、3・11の原発事故以後に、津島佑子がこだわったのは、建物であり、家であり、屋根や壁のある構造物だった。いや、それは3・11以後だけのことではない。津島佑子は、長篇小説『ジャッカ・ドフニ　海の記憶の物語』を書くかなり前に、同題の「ジャッカ・ドフニ　夏の家」という短篇小説を書いているが、それには子どもたちといっしょに暮らす自宅（実家）の設計図を描くというエピソードが現れる。息子の描いた設計図は奇妙なもので、忍者屋敷のような変な仕掛けや工夫があって、子どもの奔放な想像力が発揮されていて、ユーモラスで、微笑ましい（その家の設計図のなかには、「きけん」と注意書きされた箇所がある。落とし穴があったり、どんでん返しの秘密の壁があるようだ。だから、「きけん、ちかづくな」と注意書きされるのである）。「ジャッカ・ドフニ」というのは、大切なものを収める家という意味の、北海道の網走にあった北方少数民族のウィルタ族の民俗資料館の名前だ。構内に粗末な家（カウラ＝夏の家）が建てられていて、その家の前で家族の記念写真を撮った思い出の場所だったのである。

短篇と長篇の別の小説が、同じく『ジャッカ・ドフニ』と名付けられているのは、この家族旅行が、両作の語り手にとって、きわめて貴重なものであり、家族、とりわけ八歳で急死してしまう息子との思い出が、作家にとってどれだけ〝大切なもの〟であったかというのは、繰り返すまでもないことだ。丸太や樹の皮で造られた、粗末で、掘建小屋としかいいようのないジャッカ・ドフニ、そしてカウラ＝夏の家。しかし、それは自分にとってとても〝大切なもの〟をしまっておく家であり、大切なものを保護し、守護して、盗難や被災や湮滅から守るために、ガードするものにほかならない。その時に〝ジャッカ・ドフニ〟という言葉と、〝ヤマネコ・ドーム〟という言葉が共鳴し、共振してゆくように思われる。

夜を通して眠らずに、眼を光らせて、内部のものを守ろうとするヤマネコの母親。堅固で、巨大なドームで覆われたものが、どんなものかはヤマネコの母親は、本当は知らないのかもしれない。雨や露や雪を防ぎとめられない粗末な屋根や壁でも、本当に〝大切なもの〟は、守り切れるのだ。もちろん、津島佑子にとって、〝大切なもの〟が放射能の光であったわけではない。大切なものを守るために、その光をドームで覆って、外側に洩れ出させないでいることが大事だったのだ。大切なものを守ることと、危険なものを封じ込めること。この二つが、津島佑子の最後の小説群のテーマであり、それが標題に示されているのである。

4　汚染された光

しかし、『ヤマネコ・ドーム』と『ジャッカ・ドフニ　海の記憶の物語』が違っているところは、ミッチやヨン子やター坊の母親などが、「放射能の煮こごり」のようなものが詰まった東京に集まるのに対して、チカップ（これは、鳥という意味のアイヌ語）という『ジャッカ・ドフニ』の主人公は、どこまでも、平和で安全なところへと〝逃げ続ける〟ことだ。もちろん、これは臆病だったり、卑怯だったり、心配性であったりするからではない（もちろん、そうであっても別段、非難されるべきことではない）。「きけん」を避けることは当然のことであり、原発風や放射能雨や放射線の光から〝逃げ回らない〟ことは、蛮勇か、無知か、マインド・コントロールされているようなものだろう。だが、チカップの成長した子どもたちのように、もはや自分たちの〝故郷〟ではない故郷に〝帰郷〟するのは、単に〝愚か〟といって片付けられるものではない。ジュリアンも、キリシタンへの弾圧の厳しい日本へ帰国潜入して、おそらく迫害を受け、望む通りに殉死したことは間違いないだろう。しかし、それを単純に、肯定することも、否定することも、私たちにはできない。〝逃げた〟人も、〝逃げなかった〟人も、ぎりぎりの選択のなかでそれを行ったのであり、それは他人がとやかく評定できることではないだろう。問題は、〝逃げた〟ヒグマを斧で殺した人々や、〝逃げるべき人〟を逃さずに、そこに止めたり、放置したり、「放射能の煮こごり」のなかに、強制的に帰還させせようとする暴力的な権力を振るう者たちなのだ。

「半減期を祝って」は、作家・津島佑子の絶筆として、彼女の死去とほぼ同時に雑誌『群像』二〇一六年三月号に掲載され、講談社から他の二篇とともに単行本として刊行された短篇小説である。『群像』初出の時は、「30年後の世界　作家の想像力」というテーマで特集された競作のような短篇群の一編で、「老女」と呼ばれる主人公は、作者そのものの近未来的な姿といえるだろう（執筆時点で、六十代後半だった作家は、三十年後は百歳に近い九十代で、作中の七十五歳の老女より年上だが）。彼女は〝逃げず〟に、「現場」に止まった。しかし、それは、肯定されるべきことでも、何でもなかった。

三十年後（西暦二〇四五年）の「ニホン」は、決して、明るくも、希望に満ちた社会でもない。逆に、国防軍が威張り散らす軍事独裁国家となり、少年少女は、国家が指導する「愛国少年（少女）団」（ASD）に組織され、人種差別が徹底され、純粋なヤマト人種だけが尊重され、アイヌ人、オキナワ人、チョウセン系、そしてトウホク人が、差別の対象となっている。とりわけ、トウホク人は、原子力発電所の事故現場であったから、差別どころか、排除の対象となるほど、蔑まれているのである。

ASDの十六歳の美少女が、十七歳のトウホク人の少年を愛した。二人は逃亡生活を送ったが、亡命寸前に逮捕され、少年は「シャワー室」送りと噂され、少女は中絶手術の後で自殺をした。痛ましくも、美しい物語として、政府はそれを宣伝材料とするのである（身分や人種を乗り越える愛は、悲劇に終わるということか？）。セシウム137の、半減期を祝う、記念すべき年の出来事だった。「老女」は、「なにも変わらない」と思う。「変わっていないと見えるときにかぎって、なにもかもが変わってしまっているということはあり得る」とも思いながら。

小説の最後の場面で、「老女は避難者用の超高層住宅のベランダからトウキョウ湾の海面を見おろ」している。「きらきらと黄金の砂がまき散らされたようにトウキョウ湾の海面は光る。けれど、ここもまた、汚染されていると、ずいぶん前に聞いたことがある」。「山が汚染されているから、雨が降ると川に放射性物質が泥とともに流れ込み、何年も経って川の泥が海に注ぎ込む」からだ。

「半減期を祝って」は、津島佑子の小説としては、思いの丈を直接的に作品化したようで、短篇小説としては完成度の低いものと思わざるをえないが、作家が最後に（これは結果的に、だが）この世界に残そうとしたメッセージとして貴重なものである。三十年後の近未来の「ニホン」の世界は、暗い。ユートピアの反対のディストピアといってよい。絶望的なものといえるかもしれない。[4] こんな暗い未来社会を、病床にいた作家が想像せねばならなかったという現実と、こんな想像を現実化させてはならないという思いを伝えることとが、津島佑子の作家としての最後の仕事になったことを、私たちはもう一度嚙み締めておかなければならないのである。

津島佑子は、3・11以降、際立って、放射能の光の恐怖や不安を言語表現として表明した文学者である。前述した短篇「ヒグマの静かな海」もそうであるが、その後に刊行した長篇小説の『ヤマネコ・ドーム』、『ジャッカ・ドフニ　海の記憶の物語』には、明らかに3・11以後に原子炉から膨大な量の放射性物質（核種）が放出され、フクシマを中心として東日本を広範囲に汚染したことの恐怖、焦慮、切迫感が作品世界に深く浸透していることを見逃すわけにはいかない。

現実的にも、3・11直後、津島佑子は、直ちに「No more FUKUSHIMA!」というアピールをメールによって広げようとした。この呼びかけは、後に本人によって取り下げられたが[5]——津島香以「母の声が聞こえる人々とともに」（『夢の歌から』）——、それはフクシマの悲劇を繰り返してはならないという命題を取り下げたのではなく、福島の被災者たちの気持ちを慮《おもんぱか》ったということと、文学者としての自分には、文学作品としてそれを〝書く〟ことしかないという決意の表れであると思われる。日本ペンクラブで文学者たちに寄稿を求めた『いまこそ私は原発に反対します。』（平凡社）という単行本に「「夢の歌」から」というエッセイを寄稿したり、『群像』の「30年後の世界――作家の想像力」という特集に「半減期を祝って」という短篇を書いたことなどは、こうした、津島佑子の「No more FUKUSHIMA!」という思想のはっきりとした表明であると思われる。

しかし、声高に、社会的、政治的なアピールとしてスローガンを上げることが、文学者にとってもっとも重要なことだとは思えない。「No more HIROSHIMA (NAGASAKI) !」というスローガンが、政治的党派性に塗《まみ》れたり、反原爆運動の脆弱性を糊塗するものとして働いてきたという歴史性を、私たちは忘却することはできない。3・11以後、夥しくテレビや新聞などで流された「がんばれ、ニッポン！」などという愚にもつかないスローガンによる官製プロパガンダと同質のものと見なされかねないことを警戒しなければならないのである。

まず、何よりも「あのこと」がなかったかのように振舞おうとする人々の忘却性に対する異議である。意識的に、あるいは無意識的に被害や被災を忘れようとすることは、ある意味では人間にとって自然なことだ。地震、津波、放射能の恐怖を頭のなかから振り払いたい。そんな記憶を抹殺し、その痕跡を一掃したい、と思わない体験者はいないだろう。

死者たちのことを忘れたい。行方の分からない人たちは、そのまま行方不明でいてほしい。それは記憶からも失踪してしまうだろうから。忘れることも大切であり、それも自由だ。目の前から悲惨な震災の遺跡を消し去り、記憶を封じ込めることは、ある意味では健全なことだ。

だが、文学の効用は、こうした忘却に異を唱えることである。記憶のなかに封印した恐怖や不安や憎悪や嫌悪を呼び起こし、それを再現し、再表現して、忘れないための記憶装置として、言葉、文章、物語を創造することである。忘却や隠蔽や消去という反動的策動に反対し、欺瞞的な復興や再興に異議を申し立てることだ。そのために、「あのこと」がなぜ起こり、どのように推移し、どんな経過をたどって現在のような状況を迎えたのか、はっきりと認識することが必要なのだ。

恐怖に震え、不安のままに昼夜を過ごし、死者や行方不明者、心や体に傷を負った人々に、涙を禁じえなかった日々が、すぐに忘れられ、「あのこと」がなかったかのように振る舞うことは、決して自発的でも、自然なことでもなく、そこにそのように世間を仕向けようとする勢力や権力の策謀があると思わなければならない。文学は決してそうした策謀に与《くみ》してはならない。耳に快い、甘言や、阿諛や追従、虚言や詐言に心を許してはならない（3・11以降の社会において、政治家の発言、とりわけ安倍晋三の国会での発言や、オバマ大統領の広島での演説のように、まったく真実味のない、うわべだけの快い言葉が、どれだけはびこることになったか――それが、〝正直〟なトランプ米国新大統領の言説を引き出した？）。

太宰治に「トカトントン」という短篇小説がある。敗戦直後、焼け跡だらけの街並みから、復興の槌音が〝トカトントン〟と聞こえてくるという主人公の話である。真面目に、希望や期待に胸膨らませて、何か積極的なことを行おうとする。すると、どこからともなく〝トカトントン〟の音が聞こえてきて、主人公の意気は阻喪し、どうでもいいと投げやりの気持ちになって、希望や理想は潰えてしまうのである。

深刻で膨大な戦争の被害や、死者たちの不幸がなかったかのように、心機一転して、社会の復興に勤しむ人。あまのじゃくな小説家の太宰治は、そんな復興、復活、再興の精神に冷水を浴びせるように、「トカトントン」という小説を書いたのではないだろうか。不幸なことは忘れ、責任や罪悪を問わず、戦中の〝一億総火の玉〟の決戦主義から一転して、〝一億総懺悔〟に切り替え、復興の道をまっしぐらに進もうではないか、という建設的な声に対して、むしろ恐怖や不安、悔悟や悲涙や恥辱のなかにとどまって、〝復興の精神〟を拒否、拒絶することこそが、文学が文学としての面目を躍如とさせるところなのである。

文学の意味、小説の力は、こうした〝異音〟や不協和音をつねに発し続けることではないのか？　世間の常識や通念に逆らい、あまのじゃくの役割を果たし、顰蹙を買うような存在。それこそが、文学がこの世界にある意味であり、文学者の恍惚と孤独とが世間のなかで認知され、承認されることの意味なのではないか？

復興なんか、うっちゃらかして、しばらくの間は茫然自失したり、悲嘆にかきくれていていいのではないか？　太宰治が戦災の真っ最中に、〝滅私奉公〟の声のかまびすしい時期に、皮肉で反社会的なお伽話を子どもたち（長女はともかく、赤ん坊の長男や、胎児でもなかった次女には理解不能だっただろうが）に聞かせたり、戦後の復興期に「トカトントン」を書いたのは、まさしく小説家としての本然の仕事というべきだったのである。

5　フクシマの光を離れて

『光の領分』や『夜の光に追われて』という小説を書いていた頃から、津島佑子の文学世界において、「光」は単に明るく、輝かしいものではなかった。それは、ある時は、希望や未来や夢を語るものであったが、また、ある時は、体を射し貫く、刺激的で、鋭利な刃物のような凶暴性を持っていた。『火の河のほとりで』において、主人公のいる部屋に当たる、西陽の光線の禍々《まがまが》しさは、特筆するに価するだろうし、『真昼へ』の中天からの直射光線が、どれほど凶悪なものを孕んでいたかを、読者は忘れることはできないのだ。

「半減期を祝って」の「老女」がベランダから眺める、海面の光は、昔とちっとも変わっていない。しかし、それは大きく変わっている。フクシマの壊れた原子炉から流れ込んだ放射能の光が、そこには充満し、散乱しているのだから。雲を、雨を、森を、川を、そして海を汚染して、それは人の心までも、恐怖や絶望や悔悟によって汚染し尽くしたのだから。

光そのものが汚染されたのだ。津島佑子の文学世界のなかで、辛うじて、希望や優しさや慈愛の象徴であった「光」の、光としての側面すら、闇や影によって押し潰されようとしている。そうした一条の光に希望を託していた小説家だからこそ、光そのものが汚染された世界に耐え切れなかったのかもしれない。最後の光までも汚してしまったのは誰か。光と敵対し、光と戦わねばならなくなった事態を誰が引き起こしたのか。そうした怒りが、震災後の文学には、普遍的に漲《みなぎ》っている。

光との戦いは、津島佑子の〝最後〟の戦いのテーマだったが、それは一人、津島佑子の文学に限ったものではなかった。多くの現代小説家が、「光との戦い」を意識し、それを主題化した作品を書いている。それを、3・11以後、もっとも早く書いたのが、古川日出男の『馬たちよ、それでも光は無垢で』(新潮社)であったと思われる。それは作家の言によれば、準備していた長篇小説と連作を書き続けることを中断して、急遽書きあげねばならなかった作品だった。作家は故郷である福島の被災を聞いて、いてもたってもおられず、援助物資を車に積み込んで福島へと向かった。

ルポルタージュ的な文章のなかに、小説の登場人物が割り込んでくる。そこではノンフィクションとフィクションの境目は曖昧だ。現実と虚構を分別して伝えるための情報が、不安定で、不確かで、信頼するに足るものが少ないからだ。流言蜚語や、単なる噂、怪情報、無責任なインチキ情報、フェイク・ニュースが、飛び交っていたからだ。

作家が書いたのは、動物の名前を姓に持った「狗塚家」という一族の物語だった。福島へ向かう車中で、福島の瓦礫に埋もれた町のなかで、「狗塚らいてう」という名前の老婆や、「牛一郎」や「羊二郎」という登場人物が作家の頭から離れることはない。しかし、本当にあったのは、とるものもとりあえず、慌ただしく避難した飼い主に置き去りにされ、野良となった牛や羊や、犬や猫たちであったはずだ。スピッツ、セントバーナード、柴犬、ブルドッグ、秋田犬、カラフト犬、三毛猫、ペルシャ猫、アビシニアン……。そこで「私」は馬を見る。昔、相馬の国と呼び、今も相馬郡や南相馬市があり、〝相馬の馬追い〟がある地域に馬がいないはずがない。彼らは、人間たちの、文字通りの軛《くびき》を逃れて、光の溢れ、注いでいる青草原で自由に草を喰み、走り、いななき、動き回っているのだ。もちろん、彼らの周りにあるのは、放射能に汚染された空気であり、草であり、草の露であり、光だ。そんな環境を見て、「私」は改めて自分の語るべき物語が立ち現れてくることを知ったのである。

小林エリカの『マダム・キュリーと朝食を』（集英社）は、キュリー夫人の発見したラジウムの光や、エジソンの発明した白熱電球の光、そして、ビキニ島で爆発した原子爆弾の膨大で、莫大な熱量とともに拡散された放射能の光が満ち溢れた「光」をテーマとしている。

その語り手の一人（一匹？）は、〈マタタビの街〉で人間に助けられたという猫である。その街からは人間たちの姿が消え、動物たちの天国となった。人間たちのいなくなったマンションの部屋を自由に行き来し、食べ物を漁り、草花の咲き乱れる野原や瓦礫のなかで、人間たちの干渉やお節介や邪魔のない環境で、のびのびと日向ぼっこをする日々。しかし、猫の「私」は、人間に〝助けられて〟、「東の都市」で暮らすことになる。光に満ち溢れた世界から引き離されて、「私」は、限りない光を追い求める猫となったのである。

キュリー夫人は、自分の発見した、貴重な、大切なラジウムを、エプロンのポケットに入れていたという。彼女の体は、ラジウムの発する光に蝕まれ、放射線障害の症状が明らかにあった。夫のピエール・キュリーが馬車に轢かれるという事故にあったのも、放射線宿酔のような、めまいや反射神経の鈍磨によるものではないのか？〈マタタビの街〉から救われてきた猫も、キュリー夫人も、その夫のピエールも（そして、夫妻の娘のイレーヌも）、人間の世界に科学という光をもたらしながら、光に体を貫かれ、「光の国」の世界へと飲み込まれていった犠牲者たちだったといえるのではないか？（小林エリカは、この作品とほぼ同時に姉妹作ともいえる『光の子ども』（リトル・モア）というマンガ作品も発表している）。

3・11の原発震災の直後は、一見、フクシマの被災地は動物たちの天国だった。馬や牛たちを束縛する軛や柵が取り払われ、好きなところで、好きなだけ青草を食べることができる

（もちろん、寒さや雪の残る早春をのり越えてのことだが）。無人の人家は、イノシシやタヌキたちの恰好の餌場であり、略奪も破壊も思いのままだった（もちろん、罠や銃を怖れなくてもよいことも学習していった）。ダチョウやフラミンゴが、野性のおもむくまま、自由自在に走り回っている。人間たちの監視も、管理も、束縛もなしに。

だが、人間にすっかり手なづけられていた犬たちは、ひ弱だった。自ら食べ物を見つけ出したり、獲得することができず、無為のまま死んでいった。猫はそれでもまだ野性の本能を残してしばらく生き延びていたが、ネズミ算的に増えるネズミたちに、むしろ怖れをなして、姿を消していった。牛舎や鶏舎では、飼い主たちの帰りを温和しく待っていた個体こそ、順番に衰弱死していった。束の間の天国（光の世界）の後に、地獄が現出した。道端に横たわった死骸が腐乱し、風化し、白骨化してゆくという無常観を可視化した、動物たちの九相図が展開されたのである。

ダチョウも、イノシシも、フラミンゴも、猿も、犬も、猫も、キツネも、タヌキも、ネズミも、キジも、ツバメも、モグラも、みんな走り回っていた。3・11以降のフクシマは、まさに動物たちの天国だった。だが、それはやがて地獄へと変わる。牛の頑丈な皮膚に白斑が現われ、燕の尾羽根は短くなった。猪の内臓は放射能に冒され、猿たちは本能が壊れたような振る舞いを始めた（これは、飯舘村と「希望の牧場」での私の実見と、ドキュメンタリー映画『福島生きものの記録』1～4〔岩崎雅典監督〕に拠る）。

人間たちも、もちろん、放射能の光を浴びた。しかし、それはピカドンと呼ばれた、ピカッと光って、その後に数秒遅れてドーンと鳴ったヒロシマやナガサキの光とは違っていた。この光は、持続的で、原水爆の閃光とは質を異にしていた。日常的に降り注ぐ太陽の光のように、あるいはその太陽光に混じって、空から、地へ、海へ、野山へ、町へ散乱していったのである。

放射能とは、核物質が持つ、アルファ線、ベータ線、ガンマ線などの放射線のエネルギーの能力を意味する。原子核が分裂し、ウランやプルトニウムのような元素が、別の元素に変わってゆく。その時に、原子から飛び出す陽子や電子や中性子や光エネルギー（電磁波）が、放射線だ（この説明は、物理学的厳密性から離れている）。その意味では、自然界に自然に存在する放射線と、原爆や原発由来の放射線とは何の差違もない。要するに、光を浴びることとは放射線を浴びることであり、3・11のフクシマ以後に、この地域、海域での放射線量が、格段に増えたのである。普通の人たちの年間の許容量が1ミリシーベルトと決められているのに（国際的基準に準じている）、フクシマの汚染地帯では、20ミリシーベルト以下なら居住が許されるとしている（日本国政府が、独自にそう決めた）。平時の20倍である。もちろん、放射線が増えれば増えるほど、人体の健康には害がある。放射線が人体を通過する時、細胞の遺伝子を破壊、損傷させるのである。細胞分裂を活発に繰り返す若い遺伝子、乳幼児に、よりダメージが大きいことは常識の範囲である。

女、子どもが、放射能をより怖れるのには根拠がある。妊娠中の胎児や、卵巣や精巣の生殖細胞の遺伝子が、破壊、または損傷されれば、次世代への被害が決定的になる。意識的、あるいは無意識的に、女、子ども、若者たちが深い恐怖を持つことは、当然であり、必然的なことだ。

3・11の原発震災の後、女性作家や文学者たちが、とりわけ、大きく声をあげていると感じられるのは、こうした事情によるものと思われる。俵万智の歌がある。「子を連れて西へ西へと逃げてゆく　愚かな母と言うならば言え」。インターネット上には、こうした俵万智の行動や表現には、辛辣な批評が溢れている。逃避したくともできない人もいるのに、自分たちだけで逃げている、といった愚にもつかない非難がある。そんなことは、政府や東京電力や電事連（電気事業連合会）にいうべきことで、避難した母子たちを非難する理由とはならない。醜い、妬みと八つ当たりの感情である。

金原ひとみに対する非難も同様だ。幼い子どもの母親の彼女は、関西、沖縄、そしてフランスへと、放射能禍から逃れるように移動した。その経験を踏まえて書いた『持たざる者』（集英社）で、彼女は、フクシマの放射能汚染の東京から関西に妻子を避難させようとして、妻と離婚した男性と、娘を連れてイギリスまで逃避した女性を登場人物とした。小説のなかで、そうした人物たちは、妻からも、世間からも、異常で、過剰な不安感の持ち主として、精神異常を疑われる羽目となる。だが、目に見えない放射能に脅えることと、そうした脅えを根拠のないものとして、〝根拠なく〟否定することに加担するのと、どちらが異常で過剰な精神状態だろうか（私には、原発政策を推進するために、放射能の恐怖を割り引くものは、個人というよりも、社会そのものの異常性だと思う）。

自分の子どもと、自分の身を守ることは当然のことだ。何ら非難されるべきことではない。しかし、現実の日本社会では、そうした母親（父親も、祖父母も）は、パニックの煽動者や、社会的秩序や調和を乱す者として、非難、糾弾の対象となるのである。あるいは、精神的な病、病症の結果と見なされる。

原発震災に責任を持たなければならない者たちが、被害者、被災者たちを分断させ、〝統治〟するためにこんな愚昧な言論を垂れ流させている。少なくとも、こうした被害者間の啀《いが》み合いは、原発事故の責任者たち、犯罪者どもの、責任逃れ、刑罰逃れの一助となっている。俵万智や金原ひとみを非難する者は、非難すべき対象を見誤っているのだ。むしろ、不安や恐怖を押し隠そうとしたり、押し止めようとする者に疑いの目を向け、現実の恐怖や不安を糊塗する者を糾弾しなければならないのだ。

桐野夏生の『バラカ』（集英社）の主人公のバラカの日本名は、「光」であり、幼少年時に、放射能汚染地域にいた彼女は、甲状腺ガンを患い、首にネックレスのように手術の傷跡を持っている。そのため、彼女は、「反原発派」の人々にとってシンボル的な存在となったのであり、逆に、原発推進派からは、除去対象の人物と見られていたのである。これも、無意識的に、「光との戦い」をなぞっているストーリーといえるだろう。

6　光が体を貫く

太陽光は、太陽表面における核融合によって発生したエネルギーであり、熱線であり、放射線である。地球上の生物は、植物も、動物も、微生物も、直接的、間接的に、その放射線のエネルギーを得て存在している。私たちは太陽光を浴びて生きている。光こそ生命の源である。

村田喜代子の『焼野まで』(朝日新聞出版)の主人公で、語り手の「わたし」は、九州最南端の街(鹿児島)のオンコロジー・センターに、X線照射の治療のために通院しているガン患者である。この街は、世界の活火山でも、Aクラスの火山島と同居している。地響きと噴煙と火山灰とが、「わたし」の住むウィークリーマンションやオンコロジー・センターを脅かしている。この街から五十キロ先のS市にはM原発がある。火と熱と光が、この街には絶えることがない。それらがもたらす、不安と恐怖とともに。

「わたし」は、子宮体ガンの治療のために、放射線の照射を受けに、この街のオンコロジー・センターにやってきたのだ。オンコロジー、すなわち、ガンのような腫瘍を研究し、治療すること、腫瘍科、腫瘍医学と訳される。フクシマで、原子炉の爆発事故が起こり、放射能の恐怖が、最大限にばら撒かれたのは、つい最近のことだった。そんな3・11以後の放射能恐怖の蔓延する時期に、「わたし」は、百匹のネズミの致死量に当たる一グレイの放射能を、一日二グレイ照射される。十四グレイの放射線量は、ネズミ千四百匹の致死量だ。「わたし」は、千四百匹のネズミの死骸を、ぞろぞろと引きずって歩いているようなものなのだ。

グレイは人体が受ける放射線量の単位で、放射線量の一シーベルトに換算される。四グレイ、すなわち四シーベルトの放射線を一度に浴びれば、半数の人間が死に至る。死に至る放射能を、「わたし」は生きるために、浴び続けなければならないのだ。

ガンを引き起こす放射線を、ガンを殺すために浴びる。矛盾でもあり、滑稽でもある現代医学の治療法を「わたし」は、看護師をしている実の娘の反対を押し切って選択した。外科手術や抗ガン剤治療が一般治療とされている腫瘍医学（オンコロジー）の世界で、放射線治療をメインとすることは、一般的でもなければ、普遍的なことでもない。むしろ、異端の治療法といえるだろう（抗ガン剤治療や外科手術による治療の主流傾向を批判する〝異端派〟の医者には、放射線医学の専門家が多い）。

フクシマで、放射能を広範囲に発散させる原子炉の事故が起こったのと、「わたし」がガンの放射線治療を受けるようになったのは、単なる偶然である。だが、「わたし」には、それが単なる偶然とは思われない。それは、「オンコロジー」という言葉を聞いて、昔、祖母たちが薬師如来に向けて唱えていた「おんころころ、そわか」という呪文のような言葉を連想してしまったこととつながる。何かの因縁や因果でありえない。しかし、必然ではないにしろ、まったくの偶然、何の関係性もないこととは思われない。それは「私」と「時代」の運命のようなもの。さらにいえば、摂理のようなもの、天命のようなものとも思われるのだ。

村田喜代子は、『焼野まで』の前に『光線』(文藝春秋)という作品を書いている。宇宙に遍在する光。無量光とは、仏教の宇宙観のなかで、光に満ち溢れ、金色の、眩しいまでに輝く光の世界が現出することだ。仏陀たちの光背、天使たちの頭上の光の輪。光は、宗教的で、究極の救いや天の国、パラダイスを象徴するものだ。「光あれ」という福音書の最初の神の言葉は、こうした「光」の聖性を表現している。

だが、その聖性には二重性がある。ギリシア神話の最高神ゼウスの持つ雷霆《らいてい》の電光のように、それは神に歯向い、逆らった者たちの身体を貫く光の刃であり、聖なる槍であり、剣なのだ。

「わたし」がオンコロジー・センターで体を貫かれるX線の放射光(目には見えない)も、どちらかというと、こうした光の槍に近い。一日二グレイの放射線を受け、二十六日間で五十二グレイ、ネズミ五千二百四の致死量。五グレイを四日間続けたから、二十グレイを足し、ネズミ七千二百四。「わたし」はそれを山のように積み上げ、生きて、歩いている。本来ならば、人間でも、十回ほどは死んでしまわなければならない被曝量だ。

ガンと戦うというより、光と戦っているのではなく、悪魔と戦っているのではなく、天使や仏陀や神たちと戦っている。この戦いに勝ち目はあるのだろうか？　そんな疑念が「わたし」に湧いてくるのは無理もない。それは明るい希望や未来、夢や願望や聖性との戦いなのだから。

そこから、世界は変転する。同じくガン患者で、昔の知り合いだった「八島」という男性がいた。遠距離のケータイ電話でのやりとりのなかで、「わたし」は、八島から、億、兆、京を超える膨大な数の単位を聞かされる。垓、秭、穣、溝、澗、正、載、そして最後には無数へと至る無限数の世界へと導かれるのだ。それは宇宙の原子の数、放射能の電子や中性子の数、宇宙が始まって以来の崩壊した放射能の粒子の数、光の粒子の数とようやく匹敵する大数なのかもしれない。それは死んだネズミの数よりも遥かに膨大で、無限大、無限数の世界なのである。私たちは、そうした莫大な数字――原子炉から吐き出された放射性物質の量、それらが半減期を迎える長大で永遠とも思われる時間（セシウム137の半減期三十年などは、プルトニウムやウランからすれば、須臾《しゅゆ》のことでしかない）、原子炉の事故が収束し、それが廃炉となり、更地となり、元の原野に戻るまでの、人間の一生を遥かに超える日々の数――と戦わなければならないのである。それは生活現実の次元を超えた数字の世界であり、私たちの誰もが認識できる閾値を、遥かに超えたものなのである。

7 火の山の来迎図

核融合の太陽光。核分裂のフクシマの放射線の危険な光。しかし、それらの光は、原子力と呼ばれる「核」の融合と分裂がもたらす膨大なエネルギーを基にしたものであって、本質的には原子爆弾や水素爆弾と違ったものではない。

体のなかを、光を貫かせることによって、X線は、体の内部を透視し、ガン細胞を焼き殺す。猫いらずの毒素のように、それは体のなかの悪いネズミを退治する。一グレイにつき、百匹のガン細胞というネズミを。

火山の内部には、マグマという噴出を待ち望む火の塊りがあり、光と熱と熔岩となって、地表に吹き出す。噴火である。強烈な放射線に貫かれた「わたし」の身体は、マグマを目一杯に身内に湛えた活火山のように、いつ、噴火し、爆発し、木っ端微塵となって宇宙に四散するか分からない。

それはまた、溶融した核燃料を内部に抱え込んだままの壊れかけた原子炉と同じようなものだ。フクシマの焼野と、活火山の焼島と、夥しい放射線の光を体内に溜め込んだ「わたし」の身体とは、それぞれに相似的なのである。いや、それは宇宙の原理としてのブラフマンと、個人の原理としてのアートマンが、同一のものであるというバラモン教の教えと重なるものなのかもしれない。

玄侑宗久の『光の山』（新潮社）は、仏教的な黙示録の世界といってもいいかもしれない。短篇集としての『光の山』の標題作「光の山」は、語り手の「ワシ」によって「爺さん」と呼ばれている老人の3・11の原発震災の体験と、その後のことが一人称語りで語られている（「ワシ」は爺さんの息子である）。

当時、「爺さん」は、七十歳ほどで、自分の家の田畑の仕事と、シルバー人材センターに所属して、あちこちの仕事を引き受けて働いていた。器用で、責任感の強い仕事ぶりは、人から信頼を寄せられ、庭木の剪定から出た枝や枯葉の処理、土木工事の木材の屑や残土、そして、いわゆる「除染」で出た土までも、自分の家の敷地に軽トラックで運んできた。最終処理場はもちろん、仮置き場さえ見つけられない行政を当てにせず、広い敷地や私有地に山のように積み上げるようになったのである。近所の人が、「ホーシャノー」の心配をしても、「大丈夫、大丈夫」と爺さんは取り合わない。どんどん積み重なっていった土や枝や木材は、ちょっとした山となっていったのである。「ワシ」は、盆休みに実家に帰って、その山を見る。

そりゃあ、凄まじい景色じゃった。畑だけでも千坪はあったが恰度その真んなかに、小さな山脈のような、高さ二十メートルほどの嶺ができてたんじゃ。山裾の長さも、四十メートルはあったじゃろうな。そして山腹には、踏み固めて作ったらしい細い道が、天辺のほうにくねくね伸びていた。天辺は平らだったんじゃが、そのシルエットは夕闇の中にまるで巨大な軍艦のように見えたもんじゃ。

「爺さん」がガンではなく、秋風邪をこじらせて死んだ時、息子の「ワシ」は、父親の遺体をその山の上で荼毘に付し（火葬にし）た。「そのときワシらはようやく気づいた」と、「ワシ」は語る。

暮れなずむ辺りの空気がなんとなく透明に底光りしてる。ふと見るとあの山が薄紫の蛍光色を発していたんじゃ。ときどき炎が見え、煙も上がったが、その全体を包み込むような紫色のオーラが、いつまでも闇を圧し戻しながら光っとった。まるで阿弥陀さんが乗ってる雲が、目の前に降りたったみたいじゃった。

作者の玄侑宗久が、臨済宗の寺院の住職だからということではないが、こうした場面が、阿弥陀如来や薬師如来の「来迎図」――死者の臨終の時に、如来が菩薩などを引き連れ、山越しに光る雲に乗ってお迎えにやってくるという宗教画――の見立てであることは明らかだろう。[6]

放射性廃棄物や、放射能に汚染された土やゴミで作られた「光の山」。フクシマの汚染地帯へ行けば、除染した後の廃棄されるべき表土や堆積物を詰めたフレコン・バッグと称される黒い袋の山が、ピラミッドのように何層にもなって積み重ねられているのを実見することができる（フクシマの避難地域のいたる所で！）。それはまさに放射能瓦礫や放射性廃棄物の人工の山だ。そうした光景から、この「光の山」をイメージすることは簡単だ。あるいは、本当に、そんな「光の山」が、フクシマには、造営されているのかもしれない。

しかし、こうした宗教性を帯びた「光の山」が、3・11の悲惨な原発事故が生み出した厄介な放射性物質の塊であり、原子力災害対策特別措置法でぎりぎりの基準値として示された毎時五シーベルトを遥かに超える放射能値が、検出される場所だったのである。「光の山」は、そのままで死の灰の踏み固められた「死の山」である。「光の山」の二重性、あるいは二面性は、私たちの放射能（光）に対する二重基準にそのまま対応している。

短篇小説の「光の山」の最後は、一回り八十ミリシーベルトの被曝をする「光の山」の巡礼の誘いで終わる。白装束を着込んで、六根清浄を唱えながら、お山を一巡りするのである。聖なる巡礼と、（健康に害がないとされる）基準値を遥かに超える被曝の道行。〝一億総ヒバクシャ〟となった私たちの〝巡礼の年〟は、今、始まったばかりなのである。

光は、希望や夢や幸福の代名詞だった。それは、「神」と同義的なものでもあった（神の栄光！）。私たち、そして津島佑子や現代の日本の小説家たちが〝失った〟のは、こうした「光」に対する信頼であり、明るいもの、温かいもの、輝くもの、うっとりとそのなかでまどろむような心地よさや、快さだ。闇や悪を斥け、暗さや寒さを打ち倒すものとしての「光」。そうした光への信頼が失われ、それが人間や獣たちに、まさに牙を剝いて襲ってくる経験を私たちはしなければならなかった。

地球上に降り注ぐ光の素となっている太陽について、津島佑子は、3・11以後に書いた短いエッセイで、こんなことをいっている。

世界のどのていどの範囲なのか私にはわからないけれど、多くの地域で「余分な太陽」を退治する伝説が語り継がれている。太陽がふたつ、あるいは三つ、九つ、と地域によってその数はちがうものの、とにかく余分な太陽が、あるときからなぜか、地上をあぶりはじめ、人々がそれで死に絶えようとする。そこで英雄が余分な太陽を退治する旅に出る。それははるばる遠い旅で、苦難にも充ちているが、最後は邪悪な余分な太陽を弓矢で打ち落とすことに成功し、地上の人類は救われる。

（「太陽光ととげ抜き地蔵」『夢の歌から』）

中国で羿《げい》神話として知られ、台湾の原住民族である「高砂族」の神話にもある、親子代々の代を継いでの太陽征伐譚だが、津島佑子はこのあとに、こんなふうに続ける。「こんな話が大昔から各地で語り継がれてきたことに、原発事故を経験した今の私は、ぎょっとさせられる。「人工の太陽」と言われる原子力の時代が来ることを、まるで予見しているかのような伝説ではないか」という。そして、「そう、「余分な太陽」は本当に退治しなければならない。たったひとつの本物の太陽のもと、私たち人類はみな奇跡としか言いようのない命を与えられている」と書く。

この複数の太陽を〝征伐〟する神話（民話）が、『あまりに野蛮な』（上・下、講談社文芸文庫）では、長篇小説のエピローグ部分で、重要な役割を担っている。女主人公の一人、リーリー（莉莉）が、台湾人ヤンさんと、山のなかで焦熱地獄といっていいほどの暑さによって幻覚を覚えるような精神状態になった時、アワとミカンを持ち、次世代の赤ん坊をおぶって、「三つの太陽」を退治するために旅に出た英雄は、代を継いで、灼熱の太陽を弓で射るために歩き続けたのである。[7] その神話のように、リーリーは、死んだ自分の子どもをおぶり、もう一人の主人公のミーチャ（美世）と、子守りの死んだ原住民の少女メイメイや、霧社事件の首謀者モーナ・ルーダオの妹のテワス、そしてヤンさんの死んだ妻が身ごもっていた赤ん坊を背負って、余分の太陽を滅ぼすために、陽炎の山道をたどってゆくという幻影を見るのである。

一つ目の太陽は、私たちが存在している間、その恩恵を受け続けている本当の太陽。二つ目は、太陽からの光熱とは別に人間が発見し、利用している「電気」だとすれば、三つ目の太陽は、原子核の人為的な核分裂による「原子力」の膨大すぎるエネルギーと熱量。

私たちにこうした複数の太陽、三つ目の太陽、そして「人工の太陽」はいらない。もとのままの、たったひとつの太陽と、太陽光があれば、それでいいのだ（その太陽光によって発電された「電気」ならば、それは受け入れてもいいだろう）。「余分の太陽」が征服されたあとにも、世界は、元のままとちっとも変わっていない。風はそよぎ、水は輝き、野にも、森にも緑が広がっている。牛も、犬も、猫も、人も、のんびりとした春の光のなかでまどろんでいる。そこには、光と水が地を覆った「過去」のできごとの痕跡は微塵もない。しかし、その時以来、私たちは、光も水も、それらが「神」でもなく、救いでもなく、むしろ「死」そのものであることを知ったのだ。日常の、平穏な、瀰漫する「光」との戦いが、文学の主題とならざるをえなくなったのである。まさに、「あのこと」があってから。

『あまりに野蛮な』という長篇小説が、こうした「光との戦い」で終わっていることに、私は大きな意味を見出さずにはいられない。代を継いでの「人工の太陽」との戦いは、きっと大変で、長期間にわたるものとなるだろう。でも、それに対して、私たちは負けることは出来ない。子々孫々、この地球上で、たった一つの太陽の下で生きてゆくことのために。地震と津波、そして「あのこと」を決して忘れてはならないのである。

II　オオカミの記憶

『笑いオオカミ』、『ナラ・レポート』

1　絶滅したニホンオオカミ

ニホンオオカミは絶滅した。一九〇五年、すなわち明治三十八年一月二十三日に、英国から極東・日本列島の野生動物の調査に派遣されたアメリカ人のマルコム・P・アンダーソンは、奈良県吉野郡小川村字鷲家口《わしかぐち》で、日本人の猟師三人から、まだ若い牡のオオカミの死骸を手にいれた。二、三日前に罠に掛かっていたのを猟師が撲殺したものということで、それが生きているニホンオオカミが目撃された最後の例となった。このオオカミは剥製にされ、大英博物館に運ばれたという[1]。

これ以来、日本ではオオカミを見た、遠吠えを聞いたという不確かな情報はあっても、確実といえる目撃情報はない。ニホンオオカミと同種であるとみられているエゾオオカミは、これよりも早く一八九〇年代に、北海道開拓庁の毒薬による駆除政策や、獲物となるエゾシカの激減（未曾有の大雪によるものらしい）によって絶滅したと考えられている。

最後のニホンオオカミが目撃され、撲殺され、絶滅が確認された四年後、青森県北津軽郡金木村の津島家に、修治と名付けられた六男坊が誕生した。津島修治、すなわち後の太宰治である。太宰治と津島美智子との間に生まれた次女里子は、長じて小説家となった。津島佑子である。

彼女が物心ついた頃に、すでに父親はいなかった。変な取り合わせだが、ニホンオオカミもいなかった。作家・津島佑子には、オオカミという生き物に偏愛があった。中国の奥地、新疆ウイグル自治区のカシュガルの田舎町のバザールで、シベリアオオカミ（らしい）の毛皮を手にいれて、意気揚々（？）と日本に持ち帰ったことを私は実見している。ウルムチからタクラマカン砂漠の縁を縦断し、内陸部のカシュガルやホータンの街まで出張ったのも、オオカミの毛皮が入手できるかもしれないという期待があったからだった（その期待は満たされた）[2]。

不在のものに対する偏愛と執着。津島佑子には、そんな性癖があって、現実の生活よりも、夢や、本のなかの言葉の世界に深く親しんでいたのも、そうした性格によるものだったのかもしれない。だが、その不在や非在は、観念的な虚無や思弁的な虚構のようなものではない。かつて在ったのに失ってしまったもの、喪失してしまったものの不在の大きさ。おそらく、日本の野生動物のなかで、もっとも精悍で、獰猛で、貪欲で、憤怒の塊のような生き物だったニホンオオカミのように、それは不在であり、絶滅してしまったものだからこそ、津島佑子には、偏愛の対象になりえたのだと思うのだ。

2　「オオカミ石」の伝承

「オオカミ石」という短篇がある（『新潮』二〇〇六年一月号。単行本『電気馬』所収）。岩手と秋田の国境あたりの峠に六匹のオオカミのように見える石があり、それにはこんな民話が伝わっているという。巡礼の母と娘が吹雪の夜に近くの村にたどり着いた。一晩の宿を願う母娘に村人たちは邪険だった。哀れ、二人は雪山でオオカミの群れに襲われ、亡くなったという。

しかし、民話は不思議な方向へ流れてゆく。娘のほうは、死んでいず、いつしかオオカミの群れを従えるようになり、ことさら邪険だった寺の住職をオオカミたちに喰い殺させたというのだ。雪山を走る六匹のオオカミと、それを先導する美しい娘。そんな幻想が、古い民話から立ち上ってくる。

津島佑子の小説は、ここから「レン」と名付けた女性の話となる。レンはオオカミに襲われて母をなくした。レンは、成長して兄と夫と双子の息子の一人を亡くした。「レンは長い間、悲しみよりも怒りを、ずっと体に溜めつづけてきたのだった。家族の死を悲しむなどという贅沢はレンには許されなかった。いつでも、ひとに殊勝に頭をさげつづけ、決められた儀式にしたがい、おかげさまで、などと感謝する振りまでしなければならない。そして、まわりの鈍感な連中が自己満足して喜ぶ顔を見つづけてきた」のである。

人々はレンを「不運な女」と呼んだ。そして同情し、憐憫し、好奇な眼差しを彼女に向けた。母を亡くし、兄を亡くし、夫を亡くし、子供さえ亡くした。不運というより、不幸な運命を背負った不吉な女ではないか。そんな周囲の噂や風説に対して、レンが抱いたのは憤怒だった。「レンははじめて、自分が体のなかで育てつづけてきた憤怒の存在に気がついたのだった。憤怒とはどんなものなのかを知った。夫の死から十三年経ち、双子のひとりが死んでしまった今」。

レンにとって、獰猛で、精悍で、狡猾で、凶悪なオオカミたちは、自分の体のなかで育ててきた憤怒そのものだった。

おまえら。どんなにわたしはおまえらを憎んできたことか。もう、わたしは我慢しない。おまえらが憎い。憎い。そんなにこのわたしを食いたいのなら食え。憤怒というものを食えるものなら食ってみろ。祟りだって？　呪いだって？　ばかばかしい。ああ、わたしは人間が憎い。わたしの悲しみ、苦しみはおまえらのためにあるのではない。おまえらはもう、なにも言うな。同情する振りはもうやめろ。おまえらの自己満足が我慢できない。愚かなおまえら。残酷なおまえら。

これが、作中人物のレンの言葉なのか、作者の言葉なのか、もう区別がつかない。幼い時に父を亡くし、兄を亡くし、父親のいない息子を産んで、その息子を八歳で亡くした母親の憤怒が、ここでは表現されているのではないか。そうした憤怒と悲しみと苦しみは、小説家・津島佑子の世界に特徴的な通奏低音であり、それが日本では絶滅したはずのオオカミという生き物によって象徴的に示されているのではないだろうか。

3　青いオオカミの末裔

津島佑子は、オオカミを求める旅に出た。朝鮮半島、中国新疆ウイグル自治区、インド、エジプト、キルギス。これらの旅の途次で、かつてパミール草原や岩山を走っていたシベリア（あるいはチュウゴクオオカミ？）オオカミの毛皮を手にいれたことは、すでに語った。内モンゴルのイラルのゲル（パオ＝包、テント）の観光センターのなかでは、父親としての牡のオオカミと、二匹の牝のオオカミ、そして子どもオオカミ二匹との、五匹の剝製のオオカミ一家を見た。タクシーの運転手からはオオカミが走っているのを目撃したという話も聞いている。
しかし、それで満足するほど、彼女のオオカミに対する愛着は生やさしいものではなかった。「オオカミに出会うには……」、オオカミを始祖とするトーテミズムの存在するユーラシア大陸の中央に位置する遊牧民族の地を尋ねるのが、一番ではないだろうか。オーストラリアのアボリジニのところもいいかもしれない。ディンゴやフクロオオカミは、厳密にはオオカミといえないかもしれないが、その形態や生態は、ニホンオオカミと同類といってよい。しかし、実在のオオカミ族とはなかなか遭遇できない。剝製とか物語や神話の中だけでしか出会えないのだろうか？

オオカミを始祖に持つ英雄として、モンゴル帝国の始祖である蒼き狼としてのチンギスハーンがいる。また、オオカミの乳房を吸って育ったというローマの建国者ロームレスとレムスの双子の兄弟がいる。オオカミの末裔としての始祖神話は、こうしてユーラシア大陸の東と西へと展開した。津島佑子の旅も広がった。

しかし、元帝国にしても、ローマ帝国にしても、それはあまりにも強大であり、広大であって、個人の憎しみや悲しみを受け止める器としてはふさわしくない。津島佑子の求めるオオカミは、もっと個人的な幻想に偏ったものであり、民族の英雄や、帝国の建国神話とはかけ離れたところにいるオオカミたちの末裔なのである。人間でありながら、オオカミなのであり、オオカミをトーテムとして持つ存在。

津島佑子がキルギスの荒原のなかで見出したのは、マナス、民族の英雄の少年であり、童子神であり、青いたてがみを持つ、まだ、英雄としての獅子王となる以前の少年のマナスだった。英雄マナスは、「翼のある駿馬に乗った四十人の勇士たち」に守られている。彼らは「青いオオカミの姿で走りまわる」、モンゴルの草原の王者、チンギスハーンとその仲間たちのように。彼は、オオカミの群れに庇護される存在でもあったのだ。

『黄金の夢の歌』は、「わたし」と「あなた」という一人称と二人称が混じり合った主人公を中心に、キルギスの英雄叙事詩の主人公マナスの「夢の歌」を、キルギスの自然を背景に、町の人の声のなか、風のなかに聞きつけようとする旅だった。そこには、津島佑子のいくつもの旅が重ねられて体験されている。キルギスの時間、北京の時間、カシュガルの時間、ホータンの時間、ハイラルの時間……作家が体験したアジアでの、ユーラシア大陸での「時間」は濃密で、陰影が深い。

それは日本という国のなかでは、すでに失われたもの、失ったものを、尋ねあてようとする旅であり、不在のものに対する、まさに「夢の歌」を探し求める探検の、冒険の旅にほかならない。作家であり、子を失った母である「わたし」あるいは「あなた」に聞こえてくるのは、こんな言葉だ。

……ねえ、どんな姿であらわれようと、それはぼくのことなんじゃないのかな？

ぼくは地上のあちこちで生まれて、いろんな名前で呼ばれ、うたわれてきた。そういう男の子たちが、歌から生まれた。それはとても複雑だけど単純な、長いけれど短い「夢の時代」の歌だった。そこから生まれたのが、このぼくだった。ね、わかる？ ぼくの言ってること。

「あなた」は、こんな言葉に、こう問いかける。「でも、それは男の子じゃないといけないの？ 女の子じゃだめなの？」と。それに対する答え。「うーん、夢の歌から生まれるのは、男の子って決まっているからね。この世界が目ざめるときにたったひとりでうたいながら、どこまでも歩かなければならない。とても危険なことでもあるから、それは男の子の役目なんだ……たぶん、そういうことなんだよ」と。

オオカミの申し子のようなマナス。キルギスの英雄神話のマナスの少年時代の「夢の歌」こそ、『黄金の夢の歌』のなかに響いてくる風や草や山や川が声をあげて歌い続ける、天然の「歌」そのものなのである。英雄でありながら要保護者としての子ども。庇護者でありながら、勇敢で、あらゆる困難に打ち克ってゆく少年英雄の讃歌[3]。

こうした「夢の歌」の男の子の言葉から、『黄金の夢の歌』が、津島佑子の前作の『笑いオオカミ』の世界から、まっすぐにつながっていることが分かる。『ジャングル・ブック』の「モーグリ」と「アケーラ」、あるいは『家なき子』の「レミ」と「カピ」。馴染み深い児童文学の主人公の名前を借りた二人の、少年と少女、十七歳のみつおと、十二歳のゆき子とが、戦後の混乱した世相と社会のなかを、『銀河鉄道の夜』のような鉄道旅行をするという旅の物語である『笑いオオカミ』は、戦後の日本というジャングルのなかを、どのような危険と困難を乗り越えて生きてゆくかということがテーマとなっているのだ。

この時に、キルギスのマナスから、アイヌ・ユカラの英雄神であり、少年神のポイヤウンペ、モーグリやレミという「男の子」の主人公が、『夢の記録』や『真昼へ』の連作集のなかで描かれた、八歳で突然死した「わたし」の息子を主人公とした作品群とつながっていたことが明らかとなるのである。

4　旅の群れ

キルギスの旅もそうだが、ウイグルや北京やハイラルの旅でも、その旅には必ず同行者がいる。ウルビュさん、バカイさん、チョルポン嬢、ボーベクくん……それはもちろん、荒原や砂漠、草原や岩山を巡る旅が、女一人の単独行ではあまりに危険も多く、無用心でもあり、孤独でもあるからだが、私はここで、日本の古典『伊勢物語』のなかで、傷心の昔男、業平が東下りの際にもとより「友とする人ひとりふたりして」行ったと書かれていることを思い出す。「身をえうなき物に思ひなして」「あづまの方に住むべき国求めに」行ったはずの昔男の東下りの旅が、孤独行ではなく、仲間と共にであることに、不思議な思いを感じたことがあった。

それは、昔男の「身をえうなき物」(「えう」は、用? 要?)と思いなす喪失感や悲哀に共感する、一種の悲劇のコロス(合唱団)のような存在だと考えたことがある。あるいは、まさにマナスの旅の後先を守る「蒼きオオカミ」たちの一団とも。

いずれにしても、旅は単独ではありえない。それは、悲哀においても、憤怒においても、人は決して一人ではありえないという仲間意識、同類意識、もっといえば、群れを作るオオカミたちの習癖のようなものだ。

『伊勢物語』からの連想を続けよう。謡曲の『隅田川』は、この昔男の業平の東下りをプレテキストとしていることは明らかだが、都から下ってきた旅人は、隅田川の岸に立つ狂女を見る。無情な渡し守りは、狂女を侮ってこんなことをいう。「面白う狂うて見せよ、狂うて見せずばこの舟には乗せまじいぞとよ」と。

狂女は、子どもである梅若丸を失った母親である。悲哀のあまり狂女となってしまった女を、人々はいたぶり、あざ笑い、その狂態を面白がる。それは、観阿弥・世阿弥の時代と今とでも変わっていない。旅の徒然、旅の一興、旅の土産話に、「名にし負はば、いざ言問はん」と、言問橋、業平橋の橋の名に残る「都鳥」の歌の狂舞を楽しもうとするのである。そうした世間の冷笑や嘲笑、哄笑に対して、子を失った母親である狂女は、自分の狂態を人目に晒すことによって、その悲哀と憤怒を表現するしかなかったのである。

こうして考えてみると、「オオカミ石」の主人声の名前レンは、能楽の「ツレ」（シテヅレとワキヅレがある）としての「連（れ）」の音読みなのかもしれないと思い当たる。母と娘の二人連れの巡礼は、雪深い北国をさすらい歩く。貧しい二人に邪険な眼を向け、豺狼《さいろう》のような冷酷な仕打ちをする村人たちは、二人を死へと追いやってゆく黒衣の存在でもあり、集団で襲いかかってくるオオカミたちの群れでもあった。だが、そのオオカミたちの群れは、今度は一転して、レンをリーダーとして、その怨敵を喰い殺す仲間へと転ずる。津島佑子の小説が、『伊勢物語』や『隅田川』の感傷や悲哀から離れてゆくのは、オオカミたちを率いる頭領としてのレンが誕生するこの一瞬からなのである[4]。

5　笑うオオカミ

『笑いオオカミ』が、中国で翻訳された時に、『微笑的狼』と訳題が付されたことに違和感を持っているという話を、作家本人から聞いたことがある。翻訳された作品は、翻訳者のものであって、原著者であっても、その翻訳に口出しすることは控えるという流儀を持っていたと思われる津島佑子だが、気楽な仲間との間で、「笑いオオカミが、微笑的狼になるとはね……」と、若干不満そうに語ったことを覚えている。もちろん、同じ漢字を使っているといって、中国語と日本語の「微笑」という言葉があるいは違ったニュアンスを持っているかもしれないということは、彼女も承知の上のことだ。それにしても、「微笑」はない、ということではなかったのか。

では、どんな訳語が適切だったのか。哄笑的狼か、嘲笑的狼か。もちろん、完全にぴったりとする中国語の対応語があるとは思えないが、大きな声で、威嚇的に、あるいは嘲弄的に、あるいは咆吼するような笑い声でなければ、津島佑子のイメージするオオカミのものとはならないだろう。[5]

笑いオオカミの「笑い」は「微笑」なのか。そうではないだろう。なぜならば、そこに籠められているはずの「憤怒」が表現されていないからだ。冷酷で、意地悪な笑いであるにせよ、そこに津島佑子が「オオカミ石」で描いたような激しい憤り、怒りは伝わってこない。それはあくまでも、微かな笑い（ニヤリとするような）にしか過ぎないからだ。

日本人の少年と少女であるみつおとゆき子が生きてきた敗戦直後の日本社会は、危険極まりない世界だったといってよかった。飢餓や疫病、差別や犯罪、天災や人災はひっきりなしに起こり、弱い者、力のない者、病んだ者、障害者たちは、とことん差別され、排除され、軽侮され、嘲弄される存在でしかなかった。

「アケーラ」と「モーグリ」は、十七歳のオオカミと、十二歳のオオカミ少年だ。二人（二匹？）はいっしょに北への旅に出た。彼らの周囲にいるのは、俗物のサルたちが騒ぎ立てるジャングルだ。キップリングの『ジャングル・ブック』の人物名（動物名？・）を借りたこの長篇小説は、この後の作者の作品である『ナラ・レポート』や『黄金の夢の歌』（や『葦舟、飛んだ』）に、直接的ではないにしろ、ゆるやかに連なり、津島佑子の早い晩年の作品世界の一つの頂点を示している。それは悲哀や憤怒からの脱出ではないにしろ、そうした狂態からのゆるやかな癒しにほかならないだろう。「アケーラ」と「モーグリ」は、すなわちみつおとゆき子は、作品の最後で、現代の喧騒と眩暈の街、新宿に立ち戻ってくる。食べること、排泄すること、病むこと、眠ること、汚れてゆくこと。誰かが、こうしたニンゲンの子どもたちに必要不可欠なことの世話をしなければ、ニンゲンは生きてゆくことができない。『笑いオオカミ』は、ニンゲンとして当然なこうした生（生活）の営みを、決して無視したり、黙殺したり、忘却したりしないことで成り立つ稀有な現代小説だ。そこには、生き物としての当然の欲求や欲望、必要不可欠な生理的なものを処理する家刀自としての「女」の視線や感覚がある。

二匹のオオカミの子どもたちを見つめる『笑いオオカミ』の視線は、微笑でもなく、嘲笑でもなく、むしろ哄笑に近いような、華やかで、すべての悲劇をいっきょに喜劇や笑劇に変えてしまうような笑いの逞しさがある。それは、能楽のなかでも、悲劇的な複式夢幻能の謡曲ではなく、まさに狂言の太郎冠者のような登場人物に表象される緩い笑いといえるかもしれない。時には、残酷で、のっぴきならないニンゲンの極限を示すような〈文学のふるさと〉としての作品世界。

坂口安吾に倣って、津島佑子の文学世界にそうした〈文学のふるさと〉を見出すことは、必ずしも我田引水の言ではないと、私は考えるのだが、どうだろうか。

6　青いシカの少年

「青いオオカミ」の群れではなく、「青いシカ」が登場してくるのが、『ナラ・レポート』（文藝春秋）だ。小説の序章は「ごくまともなはじまり」と題されている。「ごくまともな」のは、最初だけで、その後の展開は奇想天外なものである、という一種の言い訳の類だろうか。

主人公は、モリオ、漢字で書けば森生という十二歳の少年だ。彼は十年ほど前、たった一人の母親（母が一人だけなのは、当たり前のことだが、母親が死ぬまでは母子家庭だったことを意味する。父親はいるけれど、とても影が薄い）。彼は、ナラ公園で、牡ジカを殺し、その両耳を切り取る。小説は、そんな残虐な場面からはじまる。決して、「ごくまともなはじまり」なんかじゃない。ナラ公園の平和や、優雅さ、穏やかさの象徴のようなシカの殺戮。血みどろで、生臭さの匂い立つような犠牲獣の屠殺シーンから、モリオを主人公とする物語は始まっているのだ。

現代かと思うと、時間は過去へと最大限に延びてゆく。トウダイ寺に大仏が作られた時代。

モリオが稚児となり、高貴な人物の寵童となる平安時代のナラへと時空間はワープする。死んだ母親は、モリオを見守るために、ハトになり、イタチとなり、コウモリになって、我が子を庇護しようとする。母親と息子との関係は、アコウとキンギョ丸であり、トランとアイミツ丸という名前であったりして、説経節や霊異記などの物語世界を自在に行き来する登場人物となるのである。[6]

一編を通じているのは、『ナラ・レポート』が、母親を失った少年の母恋の感情が作品世界のベースとなっていることだ。キンギョ丸であり、アイゴであり、アイミツ丸であり、最後は僧形のジョウアミとなるモリオは、母親と死別したり、生きたままであっても、引き裂かれ、二度とは遭えないような境遇に落とされる。そういう意味では、死んだ子ども（少年）の姿を砂漠や草原の大自然のなかに幻視する、『黄金の夢の歌』の「わたし」あるいは「あなた」と、マナスとの関係とは逆の立場となる。つまり、息子を失った母親と、母親を失った息子という、逆立した関係性によって二つの小説は成立しているのである。

7　オオカミとシカ

簡単に言うと、オオカミという表象は、理不尽に子ども（息子）を奪われた母親が、その憤怒や敵意や憎悪を、咆吼として表現するためのものだった。だから、『黄金の夢の歌』の

「わたし」あるいは「あなた」にとって、オオカミは母親としての自分自身であり、危険な手追いの傷ついたメスオオカミである。このオオカミは、シカにとっては天敵であり、食糧として自分たちを付け狙う獰猛で、残虐な肉食獣なのである。オオカミにとって、シカは獲物であり、喰い物であり、犠牲獣である。とすると、『ナラ・レポート』における「青いシカ」が表象するものは何か（ここで、最後のニホンオオカミが目撃されたのが、ナラという場所であったことを思い出すのは、必ずしも我田引水ではないだろう）。

……青いシカはモリオの夢だった。いや、夢ではなかった。
この世こそが一期の夢というのなら、青いシカはその夢のなかで、時を越え、確実に生きつづけているモリオの「喜び」だった。夢を破るモリオの「記憶」だった。ほかのことは忘れても、青いシカだけは今でもモリオそのものとして、モリオは思い出すことができる。青いシカのなかに、ダイジョウ院の古い庭園がひろがり、ヘビがうねり、少年マタシロウが髪をなびかせて走り、さまざまな鳥がうたっていた。（中略）
たとえ、青いシカがモリオのつむぎだした夢だったとしても、モリオは長い間、本当に長い間、青いシカを探しつづけていたのだし、青いシカもその間、モリオを探し求めていたのだ。

ここには、やや混乱と曖昧さがあると思う。モリオ＝青いシカ、といいたいところなのだが、叙述のなかでは、それはモリオの「夢」であり、「記憶」であると読むことができるのだが、それはモリオについての「夢」であり、「記憶」であるとも読むことができる。つまり、「青いシカ」は、モリオが見た「夢」や、思い出している「記憶」ではなく、この文章の記述の主（母親）が見ている「モリオ」についての夢であり、記憶であると考えるのは不可能だろうか。

『ナラ・レポート』が、ストーリー的にも、テーマ的にも、晦渋であり、晦冥的なものであることは一読すれば明らかなことだろう。作品世界の時空間は歪み、霊異なことが何のためらいもなく次々と記述され、物語の文法からも逸脱するような摩訶不思議な出来事が引き起こされる。しかも、それは何らの不自然さをも伴わず、当然のごとく叙述される。『黄金の夢の歌』や『笑いオオカミ』が、子どもを失った母親の立場の旅行や、親のいない、家を飛び出した子どもの旅、という素直で単純な旅の記録として読めるのに対して、『ナラ・レポート』は、混乱した、まとまりの悪い、つぎはぎだらけの物語のレポート（報告書）のように見える。

もちろん、この混乱や混沌は意図的なものだ。作者は意識的に、時間や空間の一貫性や統一性を放棄し、作為的に読者の感情に混乱をもたらそうとしている。モリオがさまざまな名前を持ち、母親がハトやイタチやコウモリに変身するぐらいは序の口で、最後はこの母子は、泥のかたまりとなって、伽藍のなかの大仏へと向かってゆく。大仏殿を泥によって汚し、その崇高さや霊験を破壊し、聖なる大仏を木っ端微塵に粉砕させる。おそらく、「青いシカ」としての子どもも、「青いオオカミ」としての母親も、その「憤怒」の先端を大仏に向けることによって、母子抱擁の一瞬の奇跡を出現させようとしたのではないか。

理不尽で、没義道《もぎどう》な出来事に対するやり場のない「怒り」。でも、世界はそうした不合理と狂熱で出来ている。餌としてのシカは、オオカミによって食べられる。その無意識下にあるのは、母親が子どもに生命を授けたのだから、彼女には子どもを喰い殺す権利があるという、動物界（畜生界）の冷厳な掟だ。

もちろん、こうした真理は、母親を混乱させ、困惑させ、『隅田川』のシテの狂女のように狂乱させる。『ナラ・レポート』が、時空間の統一性を無視した物語の展開だけではなく、その表記においても異様で、異形のものとなったのは、こうした物語の惑乱のせいなのである。

8　山津見神社のオオカミ絵

二〇一三年四月一日、福島県相馬郡飯舘村にある山津見神社の本殿から火が出て、社殿と宮司宅の二棟が全焼した。二〇一一年三月十一日の福島第一原子力発電所の事故により、飯舘村全域が立ち入り禁止区域となり、消防署や消防団による一切の消火活動がなされない時期での火災だった。火災原因は、神殿の灯明からの失火とも考えられているが、その夜は宮司の妻が一人でお籠りしていて、鎮火のあと、焼死体で発見された。原発震災の避難地域での唯一の焼死者である。この地域が避難地域ではなく、スムーズな消火活動が行われていれば、こんな犠牲者を生み出さずにはすんだのではと、二年後に、当神社を訪れた私は、そう思わずにはいられなかった。

山の神の眷属である狼と白狼が、狛犬として本殿への参拝の石段の両側に鎮座している。それだけが、火災から焼け残ったのだ。私は権禰宜である宮司の息子さんの話を聞いた。

本殿の裏には何本かのご神木があった。火はご神木の片側の樹皮を焼いたが、そこで火は止まった。その奥の国有林が山火事となっていたら、大変なことになっていただろう。国有林を所有する「国」からどれだけの賠償金を請求されるかわからないから。ご神木が火を止めてくれたとしか思えない……。

淡々と語るその言葉に、国家権力の傲慢さや冷酷さ、冷淡さを感じずにはいらなかった。犠牲はまだあった。山津見神社の本殿の天井絵としてあった二百四十二枚のオオカミたちの絵が、ことごとく焼失してしまったのだ。四季折々のさまざまなオオカミたちの姿、親子連れ、夫婦連れらしきオオカミたち（白オオカミもいる）の姿を描いた、珍しい天井絵が一夜にして完全に失われてしまったのである。

明治時代の半ばには、すでに日本列島から姿を消してしまっていた日本のオオカミたちが、飯舘村という草深い山村、農村の山の神社の天井にひっそりと隠れ棲んでいたのだが、それらの最後の姿を描いた板絵も、未曾有の原発事故のあおりともいえる火災で焼尽してしまったのだ。

もちろん、このことと、津島佑子のオオカミにかける思いとに、何か関係があるわけではない。福島原発の事故で、直接的、間接的に被災した人々、被害に遭った人たちは大勢いて、神社の天井絵のオオカミたちの被害どころの話ではないと考えることは十分に根拠がある。しかし、人間への被害とともに、この原発事故が、生き物たち、家畜としての牛や馬や豚、ペットとしての犬や猫、野生動物としての猿や猪や狐や狸たち、鳥類、魚類、爬虫類、昆虫類、貝類、微生物類、植物、海藻類に至るまで、はかりしれないだけの被害をもたらしたことは、どれほど強調しても強調しきれないほど甚大なものだったことが、今更のように、明らかとなりつつある。そのなかで、一世紀以上も前に、絶滅させられたニホンオオカミがその最後の姿態を記憶していた山津見神社の天井絵を焼失したことは、私たちが日本オオカミを、二度にわたって——一度は生物として全滅させ、二度目はその記憶さえ消滅させ——滅ぼしたことを意味しているのではないか。

津島佑子は、その最晩年の作品や発言において、福島原発の事故に対する深甚なる憤怒を表現していたのだが、その怒りの炎のなかには、こうした犠牲としてのオオカミの記憶もあったのだと、私はそう思っている（幸いなことに、焼失以前のオオカミたちの絵の写真が残っていて、二〇一六年秋に、研究者と東京藝術大学の学生らの手によって、本殿の天井絵は完璧に復元され、十一月には福島事故以来、久しぶりの例大祭が行われた[7]）。

はるか昔に、オオカミだった記憶を「わたし」あるいは「あなた」は持っている。ただ、それはひょっとしたら、オオカミたちの食物となるシカだったかもしれない。また、藪のなかで眼を光らせるヤマネコだったり、剽悍なヒョウだったのかもしれない。あるいは、毛の擦り切れた哀れな死にかけたイタチだったかもしれず、ハトやコウモリのように、臆病に空を飛び、何かを見守るために、必死に風を切る白鳥やカササギだったかもしれない。

いずれにしても、私たちは食物連鎖の果てに、オオカミであったり、ニンゲンであったりする。弱肉強食の論理や進化論がはびこる時代が続いている。それは、畜生道とか、畜生界というのにふさわしい生物界の諸相である。そうした生きとし生けるものの立場から、卑小な人間の論理や時代相を笑い飛ばすようなオオカミの哄笑こそ、津島佑子の小説が追い求めていたものだったかもしれない。

III　津島佑子の「大切」なもの

『ジャッカ・ドフニ　海の記憶の物語』

1　〝ジャッカ・ドフニ〟への旅

〝ジャッカ・ドフニ〟――ウィルタ語で〝大切なものを収めるところ〟。ウィルタとは、昔、オロッコと呼ばれた北方民族の名称で、北海道の道東地方を中心に少人数の人たちが住んでいる、日本のエスニック・マイノリティー（民族的少数者）である。ニブヒ（フ）（＝旧称ギリヤーク）の人たちと同じく、樺太（サハリン）の南半分が日本の植民地であった時代に、樺太アイヌの人たちと同じく日本国民とされ、〝オタスの杜〟という居住地に集中的に住まわされ、アジア太平洋戦争の敗戦後、ソ連に奪還された樺太（南部）を逃れ、北海道の網走周辺に移住してきた人々である（オロチョン族、キーリン族などもいた）[1]。

私事にわたるが、私は網走市の街中で生まれて、幼少期をそこで過ごしたが、生まれた家(街中の長屋風の零細住宅だった)の近所に、「北川コロゴロさん」という名物的(ちょっと失礼な言い方かもしれないが)なおじいさんがいた。「あれがコロゴロさんだ」という言葉を親から聞いたような気がする(「コロゴロ」というのは私が幼い耳で聞いたもので、「ゴルゴロ」という表記の方が正確らしい。ここでは失礼ながら、私の記憶しているままに表記する)。「コロゴロ」という不思議な響きの名前を持つその老人が、北海道に移住してきた数家族のウィルタの人たちの家長であり、そのマイノリティー・グループのリーダー的な人物(一族を率いるシャーマン)であることを知ったのは、遙か後年のことだ。

この「コロゴロ爺さん」の息子に源太郎さんがいた。ウィルタ名で「ゲンダーヌ」という。これも遙か後年のことだが、『ゲンダーヌ』(田中了・北川ゲンダーヌ共著、現代史出版会、一九七八年)という、彼の日本での少数民族としての苦難の半生を描いた本を読んで、アイヌの人たちより、もっと少数者で、〝植民地帝国日本〟の外地政策、少数民族政策のために苦労を重ねなければならなかった民族の歴史の一端を知り、幼少年期の網走での生活の一部――近所に「コロゴロさん」という名前の老人がいたことや、親に負ぶさって、「オロチョンの火祭り」という、ウィルタの人たちが篝火の回りで踊るというお祭りなどを見に行った記憶が僅かに甦ってきた(「オロチョンの火祭り」という伊藤久男の歌う歌〔石本美由起作詞・上原げんと作曲〕があったが、本物の〝火祭り〟は、そんな勇壮なものでも、異国的な感じのものでもなかった。近在のウィルタの人たちが、樺太の〝オタスの杜〟でいっしょに暮らしてきたオロチョン族の人たちを偲ぶという小規模なつつましいものだったのである――北方少数民族を集合的に〝オロチョン〟と呼んだともいう）[2]。

津島佑子が書き残した最後の長篇小説『ジャッカ・ドフニ　海の記憶の物語』という作品を論ずる前に、最低限、北方少数民族（ウィルタ、ニブヒ、樺太アイヌなどの人たち）のことや、北川ゲンダーヌさんのこと、そして彼が独力で蒐集し、自力で建てた北方少数民族の文物を展示した〝ジャッカ・ドフニ〟という博物館のことを語らねばならないだろう。〝ジャッカ・ドフニ〟がウィルタ語で〝大切なものを収めるところ〟という意味だということは冒頭で書いたが、固有名詞としてはゲンダーヌさんが個人的努力で網走市内に建てた小規模の博物館（文化資料館）、展示室であることは小説の中でもある程度説明されていることだ。網走には、郷土博物館やモヨロ貝塚の遺跡からの発掘品などを展示するモヨロ貝塚館、北方民族博物館などがあるが、その中でも〝もっとも小さい〟のが、「ジャッカ・ドフニ」だ。開館したのが、一九七八年、ゲンダーヌさんが、創設者であり館長だったが、一九八四年に急逝し、暫く後継の人たちが維持、管理をしていたが、二〇一〇年についに休館→閉館となった。その経緯については、やはり作中に少し触れられている。冬期間は長期間休館となり、国や道や市などの自治体などから経営的、経済的な公的な支援、援助もなく、〝小さな博物館〟が、長らく存続することの難しさは、別段特別な想像力がなくても分かることだ。

ゲンダーヌさんの遺志を継いで、ほぼボランティア的に館長を務めていた博物館学者の人もいたが、少数民族の希少で貴重な文物――〝大切なもの〟を収めるところが、日本人の無理解と無関心の中で、ひっそりと消えていった。津島佑子が、そのことに悲しみと憤《いきどお》りを感じていたことが、この『ジャッカ・ドフニ』という長篇小説の執筆動機の一つであったことは疑いないだろう。もちろん、それはアイヌのユーカラ（ユカラ、ユカルとも表記。津島佑子は「ユカラ」と書いている。その方が原音に近いからだろう）などの口承文芸に深い関心を持っていた津島佑子の文学的感性と直接的につながっている。この作品はエスニック・マイノリティーのみではなく、すべての少数者や弱者、女、子供、年寄り、外国人、移民などの、文化人類学でいう「境界人」たちの立場への共感を隠さなかった津島佑子の文学の本質を表現したものにほかならないのである。

2　短篇から長篇へ

津島佑子は、「ジャッカ・ドフニ」という小説を二つ書いている。一つは、一九八七年に発表された短篇の「ジャッカ・ドフニ」であり、もう一つがここで取り上げている遺作の長篇小説である。前者は『群像』に発表され、単行本の『夢の記録』（文藝春秋）に収録され、最近では、文庫のアンソロジーの一編として『現代小説クロニクル１９８５～１９８９』（講談社文芸文庫）に採録されている。[3] 後者は『すばる』に連載され、完結後にすぐ単行本化が図られたが（副題が「海の記憶の物語」）、そのゲラに手を入れたり、推敲したりする時間的余裕は、もはや作家自身にはなかった。だから、刊行された『ジャッカ・ドフニ』は、基本的に雑誌掲載時の本文との異同はない（雑誌掲載時のものへの書き込み訂正が入っている）。

短篇を「短い〝ジャッカ・ドフニ〟」、長篇を「長い〝ジャッカ・ドフニ〟」ということにすれば、実は、短いものは、長いものに吸収されているといってもいいかもしれない。一人の作者が、同じ題名の二つの作品を書くというのは、あまり例のないことだろう。別の作家同士でも、すでに書かれたことのある作品と同題のものは、普通避けるだろう（偶然の一致や、あまりにもポピュラーな言葉は仕方ないとしても）。あえて、意識的に同一の題名を採用するというのは、〝短いもの〟では書ききれなかったものを、改めて長篇化して書いてみようとしたのだろうか。あるいは、その題名（言葉）に対する思い入れがあまりに深いために、普通ならば忌避される（作家の年譜や作品リストを作る際に無用な混乱を起こす可能性がある）〝同名異体〟の作品をあえて作り出したのかもしれない。

『ジャッカ・ドフニ』の場合は、その二つの事由が該当すると思われる。

〝長いジャッカ・ドフニ〟の序章に当たる「二〇一一年　オホーツク海」は、その年に「わたし」という一人称から、途中で「あなた」という二人称に転換される小説の語り手（作家自身）とおぼしい人物が、「アバシリ」へ向い、タクシーで「ジャッカ・ドフニ」を訪れるという旅の話となっている。「ほぼ六ヶ月前に起きた大きな地震と津波に、東京に住むわたしはまずびっくりさせられ、津波というもののおそろしさと、その後も頻繁に起こる余震におびえつづけ、さらに福島県の海岸に建つ原子力発電所の建物がつぎつぎ爆発し、そこから発生した放射性物質の雲が東京をもおそったと知らされ」た、と書いてあるから、この「ジャッカ・ドフニ」の旅が、二〇一一年八月頃に行われたものであることが分かる。「どうして、こんなひどい事態になってしまったんだろう、という問いが、嘆きと自責の思いをともない、わたしの体にひしめいていた。津波で失われた多くの子どもたちの命から、わたし自身が引きずりつづけている個人的な経験が呼び起こされた」とも書いている。

この「個人的な経験」が、津島佑子の別の作品『真昼へ』や『夢の記憶』などの小説集となった、作家自身の長男の突然死という〝不幸な出来事〟を意味していることは間違いないだろう。八歳の長男が、自宅のお風呂場で突然死した。「とつぜん、水の暴力で奪い去られてしまった子どもたちの命。あのとき、なぜ救えなかったのか。無数の後悔に、あとに残されたひとたちはどれだけ苦しみつづけなければならないのだろう。一瞬の迷い、一瞬の楽観。その結果の、生と死との、あまりにあからさまな境界。何年経っても、その境界を受け入れることがわたしにもできなかった」と、作家は続けている。

一連の作品で「ダア」と呼ばれている、この死んだ息子と娘との思い出深い北海道への家族旅行が、〝短いジャッカ・ドフニ〟のテーマである。「アバシリ」にある、小さな博物館のジャッカ・ドフニを家族とともに見学し、そこで息子や娘との楽しい、貴重で濃密な時間を過ごした。簡単にいうと、〝短いジャッカ・ドフニ〟は、そういう小説である。

もちろん、そこでは息子は生きている。筆の力で、小説家は自分の息子を作品の中で甦らせた。あるいは、甦ることの祈りを言葉の力で達成しようとした。〝短いジャッカ・ドフニ〟のいわば後日譚、その後の追憶の旅が、〝長いジャッカ・ドフニ〟の序章として書かれなければならなかったのは、そしてもう一度、同じ題名の小説を津島佑子が書いたのは、「3・11」という未曾有の災害（本当は、それは未曾有ではなく、既視感のあるものなのだが）が、日本の現代文学に及ぼした深甚な影響を、いち早く、しかも個人的な深刻な経験として全身で受け止めたことを意味している。

3　震災後文学の様相

木村朗子《さえこ》は、その著書『震災後文学論』（青土社、二〇一三年）の中で、「3・11」後に、「震災後文学」なる文学作品が生まれなければならないという必然性を語っているが、〝災後〟（もちろん、これは「戦後」を意識した新造語である）数年が経ってもはかばかしい創作活動は見られず、文学の世界では一部の傾向だけであって、一般的にはむしろ〝災後〟の文学を語ることは忌避されていると述べている。あまり数多くない〝災後文学〟の中でも、津島佑子は積極的であり、「3・11」後に書かれた数編の短篇をはじめとして、『ヤマネコ・ドーム』のような長篇小説を完成させるなど、「震災後文学」の小説家として、高い評価を与えている。

私見では、津島佑子の作品が「震災後文学」の中で高く評価されるのは、そのモチーフ性の高さであり、モチベーションが明確であることだ。木村朗子は『震災後文学論』で震災後文学の創作の少なさを歎いているのだが、「3・11」からすでに数年が経った現在において、大地震・津波、そして原発震災という複合的な災害をテーマとした文学作品は、それほど少ないとはいえない段階にきている。いや、むしろ純文学、エンターテインメントを問わず、近年、有力な文学者たちが世に問う作品には、大震災や原発震災を背景としたり、テーマそのものがまさに「震災後」のものであり、「震災後文学」に呼ぶにふさわしいものも多く登場してきている。たとえば、池澤夏樹の『双頭の船』や金原ひとみの『持たざる者』、桐野夏生の『バラカ』などの作品がそうである。

高橋源一郎の『恋する原発』や、和合亮一の詩編や長谷川櫂の『震災歌集』ぐらいしかなかった災害直後の状況と較べると事態は様変わりしているのだ。しかし、「3・11」後に露呈した日本社会の積年の劣化や、在留米軍基地や原子力協定などの日米のきわめて〝不健全〟で〝不法〟な国家関係、官僚支配社会としての現代日本の〝病症〟など、本来は社会小説としてのミステリー作品にぴったりと思われる社会的テーマを、真正面からきちんととらえようとした小説は、それほど多くはないのだ。それよりも高島哲夫の『震災キャラバン』や福井晴敏の『震災後』のように、「3・11」以前の日本社会の〝病症〟をそのまま引きずったような作品や、馳星周の『雪炎』や中山七里の『アポロンの嘲笑』、北野慶の『亡国記』、相場英雄の『リバース』、織江耕太郎の『キアロスクーロ』のように、単に社会的ミステリーの背景や、背後の環境として「3・11」の災害（原発震災）を作品世界に持ち込んだものとしか思えないものがある。つまり、それらの作品では「震災後」ということは単に意匠にしか過ぎず、地震も津波も原発事故も、極端にいえば、背景画としてだけの意味しかないのである。[4]

若杉冽の『原発ホワイトアウト』と『東京ブラックアウト』、あるいは黒木亮の『法服の王国』と『ザ・原発所長』なども、政財界や司法の世界での〝知られざる裏情報〟や〝隠蔽された事情〟を明らかとしているということで、社会的に有益な作品もあるが、文学作品としての水準は決して高いものとはいえず、その評価の軸は、話題性や時代性に偏らざるをえない。

その意味で、「震災後文学」としての成果は、これからの未来性にかけなければならないのだが、そのための一つの指針として、津島佑子の『ジャッカ・ドフニ』や『ヤマネコ・ドーム』のような作品があると思う。それは、3・11の被災や悲劇を突然のものや、想定外のものとして特別視することなく、私たちの「生」を襲う〝繰り返し〟の悲劇であったことをはっきり認識することである。フクシマの前にチェルノブイリがあり、スリーマイルがあり、ビキニがあり、そしてヒロシマ・ナガサキがあった。放射能雲から放射能の雨が降り注ぎ、空も風も地面も川も海も森も汚染された。フクシマの災害は未曾有のものではなく、曾てもあったし、これからもありうることである。東日本の地震と津波の被災に直面して、本当に読まれるべき本として、吉村昭の『三陸海岸大津波』(一九八四年)があった。3・11以前に書かれたこの本では、東日本大震災が、予想され、想定され、その被害を食い止めるために、予め準備されるべきものがあったことを示している。私たちはそれを漫然と放置し、大地震と大津波が現実に襲いかかってきた時には、呆然とそれを見ていることだけしかできなかったのである。

家族や友人や近所の人たちが、津波に呑まれ、流され、力尽きて水没していった。目の前で親しい人たち、失なわれてはならない人たちの命が失われてしまうことに対して、私たちはどれだけ無力で、臆病であるかを思い知らされざるをえなかった。そうした限界状況にあって、私たちが知ったことは「本当に大切なもの」は何かということだ。それは仕事であり、財産であり、名誉や義務であったかもしれない。もちろん、ごく普通には自分と家族の「命」であり、知人、他人、動植物を含めて生命であることを否定する人はいないだろう。だが、とっさの場合に限らず、その一番「大切なもの」を手放さなければならない瞬間がある。あるいは、失われた時においてそれが最も「大切なもの」であったのを知ることがある。

「大切なもの」をどこにしまっておけばいいのか。それが家族の命であれば、失われた時に初めて、それが一番「大切なもの」であったことを認識するのである。失われた命を〝しまっておく〟所、場所はない。お墓や位牌は象徴的なものに過ぎないだろう。

「二〇一一年　オホーツク海」の語り手が3・11の後に、〝ジャッカ・ドフニ〟に思いを馳せたのは、その、閉館となり、からっぽになった簡素な建物の中に、彼女にとっての「大切なもの」がしまわれていたからだ。それはもちろん、死んだ「ダア」と呼ばれる少年の魂であり、その息子とのかけがえのない思い出である。そしてその背後の風景には、何千、何万、何千万もの無数の死者たちの魂がある。

4　きりしたんの受難の記憶

『ジャッカ・ドフニ』には、3・11以後の光景が描かれているだけではない。いや、むしろそうした光景は、作品の一部であり、序章としての「二〇一一年　オホーツク海」、中継ぎの章としての「一九八五年　オホーツク海」、終章の「一九六七年　オホーツク海」の比較的短い章のみに描かれるもので、多くの章は、アイヌ民族の母（ハポ）と、和人（シサム）の父との間に生まれたチカ（チカップ＝アイヌ語で「鳥」を意味する）という女性を中心とした流浪の物語が語られるのだ。

北海道のアイヌの居住地で生まれたチカは、母と死別し、兄妹のように育てられてきたジュリアンとともに「キリシタン」の「パードレ」に連れられ、ツガルへ、アキタへ、そして「アマカウ（マカウ＝マカオ）」へ渡る船に乗るためにナガサキ、ヒラドで帆待ちをし、マカオからついにはバタビア（現在のジャカルタ）まで渡って行く放浪、流転の一生を送ったのである。

十七世紀の日本の「キリシタン」の受難の歴史を背景として、日本海、南シナ海、ジャワ海という海洋を渡っていった、アイヌの血を引く一女性の数奇な物語が展開されるのだが、もちろん、こうした数奇な運命をたどった女性が本当にいたとは思われず、作家の想像力、創作力を奔放に開示したフィクションであることは間違いないと思う。ただし、エゾ地、東北地方、北九州などの日本列島や、ポルトガル領マカオ、台湾、フィリピン、バタビアなどの東南アジア諸地域の歴史や社会状況は、丹念に調査され、取材されたうえで書かれており、アイヌ語や、キリシタンの用語、アジアにおけるカトリック信仰の状況などが丁寧に書き込まれ、チカの一生の物語として読めば、芥川龍之介や坂口安吾の「切支丹物」と同じように（北原白秋の『邪宗門』なども含め）、あるいは遠藤周作の『沈黙』や堀田善衛の『海鳴りの底から』のような「切支丹文学」の一種に属していると考えてもよい（本来の「切支丹文学」は『伊曾保物語』のような「南蛮文学」を意味するのだが、ここでは「キリシタン」をテーマとする文学の謂とする）[5]。

津島佑子の『ジャッカ・ドフニ』がこうした日本近代文学の「切支丹物」の小説とちょっと異なっているのは、「切支丹物」が一方では「南蛮物」と呼ばれるように、当時〝南蛮〟と呼ばれた西洋(主にオランダ、ポルトガル)、また西洋の出城のようなインドのゴアやバタビア、マニラ、マカオなどの方向へ眼を向けていたのに対し、〝北夷〟すなわちエゾや北エゾ(樺太)や沿海州、シベリアの方角まで眼を向け、そこに居住していたアイヌや中国人、朝鮮人、「タルタル人」にまで、視界を広げているということだろう。この広域的な視点は、『あまりに野蛮な』で日本の植民地時代の台湾と現代の台湾に住む人を、『黄金の夢の歌』では、中央アジアのキルギスの英雄マナスの口承伝承を踏まえた物語世界を構築した、近年の津島佑子の作品世界のアジア的拡大と深く関わっている。それは古代と現代とを自在に往還する時間的な自由性と、口承文芸の歌謡の世界を現代小説の語りの中に活かすという自由闊達さを作品にもたらしている。「わたし」から「あなた」への人称の転換も、単に物語ることの客観性を担保するというだけの意味ではなく、「私」という一人称の枠の中に閉じ籠もりがちの近代小説の話法から、主人公を自由に飛び出させることを狙っているのだろう(それは、さまざまな「神」の一人語りであるアイヌ・ユーカラの形式からヒントを得ていると思われる)。

そういう意味では、『ジャッカ・ドフニ　海の記憶の物語』は、津島佑子の文学世界の集大成的な様相を示している。結果的に、この作品が作家の遺作となってしまったのだが、それは偶然でもあり、あるいは必然でもあったかもしれない。アイヌの少女を、広大なアジアの海洋世界に流浪させたこの小説は、『水府』や『かがやく水の時代』のような作品集の標題にも示されているような、津島佑子の文学世界の根源的な「水」への深いイメージが、ついに大きな海へと広がっていったことを表わしている。川や沼、湖や河、海といっても湾や入り江のような、どちらかといえば狭く閉じ込められた「水の世界」を描いて来た作家としては、淼々《びょうびょう》たる海洋の世界を描くことは、小説家としての新境地への展開としてよいことであり、それまでともすれば「水」への恐怖や、溺死へのこだわりを作品世界の背景に無意識的にかかえていた津島佑子の小説において、そうしたオブセッションが寛解したことを意味しているのかもしれない。

そうした作品が、地震、津波による多くの死者を出した東日本大震災（3・11）の後に書かれたことに私は、重く深い意味を見出さずにはいられない。津波は、「とつぜん」「水の暴力」として東北日本の海岸に住む人々を襲った。海は怒り狂い、防波堤や防潮林、水門や水堰を破壊し、乗り越え、村や町や、家やビルを飲み込んだ。人も車も動物たちもそうした「水の暴力」の前にはまったく無力だったのである。

親しい人々を失った遺族たちが、海を憎み、海を呪い、海を怖れたのは当然だった。それらの人たちは、海と自分たちの住む陸の世界との境界に、高いコンクリートの壁（長城といってよいような）を建て、憎むべき海が見えないように自分たちの視界を遮ったのである。漁や養殖という海での生活を棄てて、オカにあがった人たちも決して少なくはないだろう。海辺の村落、集落は放棄され、海はその暴力的な記憶のために、人々の心の中の陥没として、蓋をされ、閉じ込められ、封印されてしまったのである。

津島佑子の『ジャッカ・ドフニ』は、まさにそうした海を甦らせるために書かれた。作家自身が、「水の暴力」によって家族を失った悲痛な記憶を抱えていることはすでに述べた。さらに遡って考えると、記憶のない、作家自身の父親を幼い娘から奪ったのも「水」だった。作家が、「水」への恨みつらみを繰り返し語ったとしても、その心境は、心情は理解しうるものだ。「キリシタン」への残虐な弾圧を繰り返す日本の為政者の手から逃れて、ジュリアンとチカの二人の少年少女は、海を渡らなければならない。新鮮な空気も吸えない船底での窮屈で、悲惨な日々。役人や海賊の目を怖れ、港から港へ、海から海へと荷物や家畜のように運ばれる二人（家畜のほうが、まだマシだ！）。難破や沈没を怖れても、ただ神さまだけに祈るしかない無力さ、非力さ。飢えと渇きと疲労とは、「キリシタン」としての激しい迫害と殉教のほうがまだ耐え易いと思わせるようなものだった。

そんな海をさんざんに経験したチカなのに、海は、喜びとしてチカの前にある。

小さな波が岸にぶつかる音が足もとにひびく。入り江を出れば、大きな海がひろがる。光に充ちた海が、チカを待ち受けている。陸を離れ、どこまでもつづく海に身をゆだねる、その不安さえ、チカの胸を躍らせた。やっと狭苦しいマカウを離れ、海に戻るときが来た。マカウに愛着を感じていたはずなのに、今、船を目の前に見ると、そんな思いになった。チカは、そうした自分にとまどいつつも、海に出る喜びをおさえることはできなかった。

さんざんな苦痛を背負わせられ、さまざまな苦難、困難を味わわされた「海」であり、「水」であるのに、チカの心は、海を目の前にして躍っている。ここに人と海との和解があり、怨恨の寛解があることは、誰の目にも明らかだろう。海の記憶を、暗い、苦しい、恐いものとして恐怖し、恐懼するだけではなく、それを明るい、美しい、輝いたものとするために、チカの北溟から南溟までの海の旅があったともいえるのである。

5　天と地が始まる

『ジャッカ・ドフニ』が、日本のキリスト教徒たち、「キリシタン」の受難、殉教の物語であることも、むろん、忘れることのできない要素である。迫害され、次々と殉教する「パードレ」たちの後を襲うために、少年のジュリアンは、マカウのサン・パウロ天主堂の「セミナリオ」で、「パードレ」となるための学問を積み、修行に励まなければならない。踏み絵を踏まされ、十字架に掛けられ、火あぶりにされ、〝穴つるし〟の拷問や刑罰を受けても、歓喜して殉教の道を選ぶ「パードレ」や「きりしたん」の信者たち。日本を逃れて、マカオやマニラ、バタビアやゴアにまで渡って行った、チカやジュリアンなどの、日本を脱出したキリスト教信者たちの背後には、多くの血と涙が流された「キリシタン」殉教の歴史があり、おびただしい死者（殉教者）がいたのである。

「でうす」「くるす」「こんたつ」「みいさ」「おらしょ」「さからめんと」など、ラテン語、ポルトガル語経由で日本に入って来たキリスト教の用語が（それはかなり訛ったものだが）、作品の中で頻出する。それはチカやジュリアンが、耳で聞いた〝聖なる言葉〟の響きであり、理解より以前に信仰があるという、宗教の本来的な在り方を際立たせている。

福音書のイエスは、盲いた者には、その目を開かせ、神の子としての自分の姿を見させた。耳の聞こえない者にも、イエスの福音は声として聞くことができたのである。まさに、耳で聞き、目で見たことを信じることこそが、本当の信仰であることを聖書は語っているのだ。

旧約、新約聖書の神話的部分を、文字としてではなく、まさに耳に聞く日本語として再話したのが、隠れキリシタンの信者たちに伝わっていた『天地始之事《てんちはじまりのこと》』である。正典としての聖書は伝わらず、ザビエル以来の伝道者も途絶え、聖具や聖像や聖なる儀式を行うことも厳に禁止された禁教時代の四百年の間、隠れキリシタンの人々によって、口伝えとして旧約の神話と、新約のイエスの福音が伝えられてきたのが、『天地始之事』である（明治期になるまで伝承者の間で、文字化は禁じられていた）。十字架に架けられたキリスト像や、受胎告知、聖母子像、ピエタなどの宗教画として、信者の家の「納戸」に秘匿され、密かに信仰されていたのが「納戸《なんど》神《がみ》」であり、観音像をマリアとして奉拝するマリア観音の信仰である。

世界の宗教史、キリスト教史の中でもきわめてまれな、日本の隠れキリシタン（潜伏キリシタン）の歴史だが、聖書そのものの土着化や、キリスト教の信仰の民族化、民俗化・土俗化はそれほど珍しい現象ではない。エジプトのコプト教や、フィリピンの黒いマリア像の信仰、中国の太平天国の信仰などは、各国、各地域でキリスト教が土着化したものと考えられる。「あたん」と「ゑわ」の天地創造の物語や、「さんた丸屋」の聖母子の物語、また「きりんと」が「くろうすの木」で磔刑にされるキリスト受難の物語は、聖書の原型的な神話を本質的には保っているといえるだろう[6]。

しかし、『天地始之事』がユニークなのは、「ぱつぱ丸じ」が、山上の寺の「ししごま（獅子駒）」の眼が赤くなると大津波が来るという「でうす」のお告げを受け、くり舟を用意して難を逃れるという、「ノアの大洪水」の変形したエピソードなどに見られる点であると思う。「ぱつぱ丸じ」の一人の息子は足が弱く、舟に乗り損ねたが、「ししごま」の背に載り、「ありおふ島（有王島）」という島に救われるという話である。「今にぺーろんそのときのまねとなり」とあり、中国渡来のペーロン競技の起源神話ともなっている。

この伝承は、聖書の「ノアの大洪水」よりも、海洋性に富んだものと思われる。四国から九州、済州島、琉球諸島、舟山列島から台湾、フィリピンなど、東シナ海から南シナ海といった海洋世界が、こうした神話世界の背景として横たわっていると思われるが、その海域・地域が、『ジャッカ・ドフニ』の作品世界（特にその後半において）と重なっているのは、意味深いものだと思われる。人々を救うための「ぱつぱ丸じ」の船、そして乗り遅れた「ひとりのあに」を「ししごま」が背に載せ、「万里が島」「ありおふ島」へと救い渡すという物語は、まさにたった一人の「命」であっても救おうとする、キリスト教的な「愛」の精神を彷彿とさせるものであるということは牽強付会ではないはずだ。さらに、キリスト教的な「神の愛（アガペー）」が、日本の「キリシタン」の用語で「神のご大切」と訳されたことを忘れることはできない。

それまで日本にはなかったものを「くるす」や「こんたつ」という原語そのままで使い、概念としてもなかった「あにま」や「こんちりさん」をそのまま日本語化したのと違って、「愛」や「神」を、「ご大切」「大日」とそれぞれ〝和訳〟したことは、日本の精神史の中でも特筆すべきものであった考えられる。そして私のいいたいことは、次のようなことだ。津島佑子という作家が、結果的に遺作となった長篇小説を〝ジャッカ・ドフニ〟、すなわち〝大切なものを収めるところ〟という意味のウィルタ語の言葉を標題としたのは、その作品自体が、〝大切なものを収めるところ〟となってほしいという願望にほかならなかったのであり、その〝大切なもの〟こそ、津島佑子がその文学的生涯を賭けて希求し、表現しようとしたものにほかならないのである。

津島佑子にとって〝大切なもの〟とは何か。それは、言葉であり、歌であり、思い出であり、「愛」（「ご大切」）である。あるいはそれを、「あにま」、日本語でいうならば「魂」であるといってもよい。そうした「大切なもの」を収めておく所、場所、家が〝ジャッカ・ドフニ〟であり、作家は、そうした〝魂の棲みか〟を求めて、若い娘の日と、母親となった日と、大津波によって多くの人の命が失われた後の日に、雪と氷の海に近い場所へ旅立たずにはいられなかったのである。

大洪水、大津波が世界を覆い、ノアの乗った箱舟だけが、暗く、荒れ果てた波間を漂っている。陽は見えず、周囲は墨を流したように真っ暗で、黒い雲は厚く空を覆いつくしている。風と波は、ノアたちの乗った舟を翻弄し、雷雨は激しく船体を敲く。陸地は見えず、人々の心も真っ黒に絶望に彩られる。その時に、雲の隙間をついて、一羽の鳥が、飛んでいるのが見える。鳥は嘴に一枚の木の葉を銜えている。

〝チカップ（鳥）だ！〟。

船上の人々は口ぐちに喜びの声をあげ、世界が再び「水の暴力」から逃れ、新しい希望の土地が目の前に現れることを願いあったのである。

『あまりに野蛮な』

IV 〝野蛮〟の思考

1 野蛮と文明

戦前・戦中の日本には〝野蛮人〟が棲んでいた。北海道には旧土人と呼ばれたアイヌ民族が、ドイツから第一次世界大戦（日独戦争）によって植民地として獲得した南洋群島（ミクロネシア）には〝南洋土人〟が、そして日清戦争の結果、清から割譲された台湾には、〝高砂族〟とか〝生蕃〟と呼ばれた台湾先住民が、大日本帝国の版図のなかに繰り入れられたのである。

刺青をしている、農耕ではなく狩猟・漁撈・採集が主な生業である、文字を持たない、原始的なアニミズムやシャーマニズム、トーテミズムのような宗教しか持たず、迷信にとらわれている——原始民族、〝野蛮人〟のそんな特徴を彼らはそなえている。彼らを文明人として恥ずかしくない一等国民にするために、教化・同化することが、文明国の国民としての日本人の責務である。逆にいうと、文明国、一等国はその版図（本国、植民地、保護領）のなかに、〝野蛮人〟を抱えていてこそ、文明国であり、一等国の証しなのである。ヨーロッパ列強が、暗黒の大陸・アフリカ、アジア、ラテンアメリカ、オーストラリアに植民地を持ち、彼らに靴を履かせ、服を着せ、虫や蛇を食べること、そして〝人喰い〟を止めさせ、奴隷から労働者に格上げさせ、文字と、本当の神の愛と救いとを教えることこそ、文明国人の聖なる義務だったのである。

後発の植民地帝国の日本が、北海道旧土人、南洋土人、台湾先住民である「高砂族」の〝三大未開民族〟をその内部に抱え、啓蒙・啓発・教化・同化の政策に邁進しようとしたのは、欧米の帝国主義列強諸国に劣らないことを証明するための懸命の努力だった。理蕃政策、撫順政策と呼ばれた〝野蛮人〟対策が、台湾を植民地とした大日本帝国の現地の支配機構、台湾総督府によって営々と行われ続けたのである。

津島佑子の『あまりに野蛮な』（『群像』二〇〇六年九月号～二〇〇八年五月号。単行本・二〇〇八年十一月、講談社）は、こうした日本帝国主義支配下の時代の台湾と、それから八十年ほどを経た現在とを、時空間を超えて、二人の日本人女性が、一方が書いた手紙や日記を時代順に読んでゆくという形で交流する形式の長篇小説である。もちろん、交流といっても、過去の人物が現在の人物を知ることはなく、現在から過去へ向かっての一方的な、思いの〝やりとり（現在の側から発するだけだが）〟ということになる。具体的には、現代の台湾を旅行する日本人女性のリーリー（もとの名は茉莉子）が、七十年もの昔、植民地時代に台湾に渡ってそこで暮らしていたミーチャ（旧制のタイホク高校の社会学の教授だった小泉明彦の妻として渡台した美世）の、主に夫に宛てた手紙を読み、それに対する応答のような台湾への旅行体験を書くという形式となっている。ミーチャとリーリーは、叔母と姪という親戚関係にある（ミーチャとの離れた妹の娘がリーリー）。これは津島佑子の小説としては、平安時代の『夜の目覚め』の作者へ宛てた現代の女性作家の書簡という形式の『夜の光に追われて』で採った方法と相似している。

過去と現在、戦前と戦後、台湾においては、大日本帝国による植民地支配時代と中華民国としての台湾の自立した時代が対比的に描かれるのだが、作家と、そして作品の語り手の関心は、もっぱら「高砂族」と呼ばれた台湾の先住民族に向けられていて、とりわけ、「霧社事件」と呼ばれる、台湾原住民の一部族セデック族が住む「霧社」で引き起こされた、支配者としての日本人への襲撃事件——セデック族マヘボ社のリーダー、モーナ・ルーダオに率いられた原住民たちが、「霧社」に集まった日本人学校や駐在所を襲った反乱事件——に関心が大きく払われていると思われる。

2　霧社事件の衝撃

一九三〇年十月二十七日、台湾中央の高山地帯にある「霧社」では、霧社小学校の恒例の秋の運動会が開かれていた。学校の運動会といっても、その地域に住む日本人にとっては一大イベントであり、ほぼ住民全員が村の中心部にある小学校の運動場に集まっていたのである。

そこに屈強な若者たちを先頭に、蛮刀や古い型の銃などを持った「霧社」近郊のマヘボ社、スーク社、ホーゴー社などの「蕃人」三百名が襲いかかり、女子どもを含め百三十名が殺害され、彼らの戦闘の習慣によって首を切られたのである。彼らは各社の駐在所を襲い、その後、ほぼ無抵抗の運動会に乱入したのである。これが、日本人側から見た「霧社事件」の始まりである。

モーナ・ルーダオたちの〝蜂起〟の原因については諸説がある。強制的な造材作業に駆り出されていた原住民の男たちが不満、不平を託《かこ》っていたこと。「内地人」警察官の〝蕃妻〟となっていたモーナ・ルーダオの妹が離縁されたことについての不満、現地駐在所の警察官に乱暴を働き、その報復を恐れたため先走って蹶起した、などである。

もちろん、清から日本へと割譲された台湾において、日本側からいえば〝台湾征服戦争〟、台湾側からいえば反日の抵抗・独立（自立）ゲリラ戦争の、ほとんど最後の〝血戦〟といえるものだったのである。

台湾のマジョリティーである閩南《びんなん》人、客家人などの漢民族については、台湾総督府はその抵抗運動をほぼ芟除《さんじょ》した（西来庵事件を最後と考えてもよい）。先住民族、いわゆる「高砂族」に関しても、平地に住む漢民族や熟蕃（生粋の〝野蛮人〟である「生蕃」に対して、文明開化を取り入れた、文明化した蕃人）といわれる人たちと、まだ野蛮の風を残している「生蕃」の生活圏を隘勇線で区切り、異民族間の接触を防ぐことによって、民族間のトラブルを防止し、大きな蕃社には駐在所や公学校を置き、理蕃政策をとっていた。生活の近代化、文明化、合理化への改善、日本語教育の展開、同化教育の徹底など、撫育・撫順の施策が行われており、領台初期ならいざしらず、割譲後、大日本帝国の版図となって三十年以上経っているのに、こんなに大規模な原住民の武力による抵抗運動の〝蹶起〟があったことは、日本人（内地人）の予想を超えた椿事であったことは疑えないのである。

この事件は、台湾を清国から割譲され、台湾総督府による統治が三十年以上の長きにわたって続き、反乱分子や不満分子の平定にほぼ成功したと考えていた日本国民に、大きな驚愕と恐れを持って受け止められた[1]。日本の文学者たちも、この事件には敏感に反応した。具体的にいうと、佐藤春夫に『霧社』という作品集があり、中村地平に「霧の蕃社」があり、大鹿卓に『野蛮人』の作品集がある。これ以外にも、真杉静江や野上彌生子ら、多くの文学者によって小説、エッセイが書かれており、事件の衝撃の大きさを物語っている。その後も、時代はやや離れているが、坂口䙥子のように、台湾の「蕃人」についての小説を専らに書いた文学者などに、その影響の痕跡は著しいのである。

文明社会のなかに、突如、噴出した野蛮。原始の暴力の甦り。「出草」と呼ばれる台湾先住民族の首狩りの風習は、最も忌み嫌われる蛮習として剪除、殲滅の対象として真っ先にあげられていたのだが、それが一九三〇年の「文明社会」の真っ只中で、日本人の老若男女を対象として、蛮刀による首狩りとして復活したのである。

3 霧社事件と近代文学

霧社事件について書かれた小説を読み較べてみれば、作者の立ち位置と、霧社事件を引き起こした台湾先住民、「高砂族」の立場との距離の遠近が測られるのではないかと思われる。たとえば、佐藤春夫の「霧社」という作品や、野上彌生子が夫の豊一郎といっしょに台湾を訪問した際に書いた紀行の文章では、事件後の「霧社」を訪問した作家が、事件の様相を関係者から聞き書きしたといったものだが、もっぱら、「蕃人」たちが蜂起した原因を「内地人」から現地情報として伝えられたのである。

野上彌生子は、『朝鮮・台湾・海南諸港』という紀行文集のなかで、こう書いている。

ホーボ社は山麓の眉渓に近い蕃社の一つで、ピポサッポは養子であつた。妻はおそろしく淫奔で、内地人の若い男を相手に埔里の町までも遊びに出かけた。ピポサッポは妻を責めることも懲らしめることも出来ないで、却つて蕃人一流の奇妙な英雄心に駆りたてられた。憎むべき内地人の首を獲ることで、頼もしいえらい男としての自分を妻に認識させたら、もう一度愛情を取り戻せるかも知れない。と考へた。

一方、マヘボ社のモーナルーダオにも、巡査と結婚して破れた妹の問題のほかに新らしい悩みが生じてゐた。それは鹿狩に際して、彼の二人の息子を主とする一群の仲間が通りすがりに二人の巡査を侮辱したことで、若者たちが一般的にもつてゐた憤懣の爆発であつた。駐在所側は穏便にすべてを黙殺する方針でゐたのに、父親のモーナルーダオはそれとは知らず、息子たちに下るかも知れない法律の処罰をひたすら心配した。この恐怖がピポサッポのつけ目になつた。彼はすべての蕃社の尊敬を集めてゐる大頭目を説き、息子が不名誉な刑罰を受ける前にことを挙げさせ、それを機会に妻から讃美されるやうな首獲りの手柄を自分も立てようと思ひついたのである。

野上彌生子は、現地の元警察官だった人物からこの情報を聞いたということだから、これが霧社事件の原因についての、徹頭徹尾、「蕃人」の蜂起を鎮圧する日本側の官憲のバイアスのかかった見解であることは疑う余地がない。

ここに、文明人が野蛮人を見る時のステレオタイプな思考様式があることは間違いない。「蕃婦」の、「おそろしく淫奔」であること、「蕃人一流の奇妙な英雄心」、根拠のない「蕃人」の若者たちの「憤懣」と、モーナ・ルーダオの抱いた実体のない、虚影の「恐怖心」。幼稚で、不合理な〝野蛮人〟の心証に彼らは囚われているのであり、文明人には理解しがたい蒙昧で原始的な心理なのである。

中村地平の「霧の蕃社」では、もう少し「蕃人」たちに同情的で、異民族間の無理解、異文化間の相互理解の困難さを強調しているのだが、本質的には霧社事件を、追い詰められた〝野蛮〟の、文明に対する絶望的で最後の抵抗運動としてとらえているようだ。

日本の理蕃政策は著著《ママ》成功して、彼らの素朴な野性は漸く文化と称するものの前に、屈服と衰弱とを余儀なくされてゐる。民族的な兇暴性や原始性やは、謂はば生理的に女性としての機能をやうやく喪はんとする初老の婦人の活力と同じに、既に絶点から下降し始めてゐる。

（中略）蕃人たちは燃え残りの、残蠟のやうな野性や、兇暴性やを駆りたて、無謀にも自分たちの性にあはない生活の形式——つまりは文明へ最後の格闘を試みやう、としたのであつた。

霧社事件を、女性の更年期のヒステリー的なものとなぞらえているこの見解は、見方によっては野上彌生子のものよりもっと偏見に満ちたものといえるかもしれないが、「蕃人」夫婦の痴話喧嘩や、幼稚な英雄心、直情的な憤懣や、蒙昧な恐怖心にその〝原因〟を求めようとすることより、〝野蛮〟と文明の衝突という観点を見出すことによって、レヴィ＝ストロースのいうような「野生の思考」への理解を示すものであったといえるかもしれない。

しかし、いずれにしても文明（人）と〝野蛮（人）〟という対立項は、問題系列としては変化しない。中村地平のような、どちらかといえば、「高砂族」に同情的で、日本人としては理解があるような文学者たちにとっても、自分たちが文明の側に属し、彼らが〝野蛮〟の側に属しているということは、絶対的な事実であり、変化することのない、普遍的なものとしてあったのである。

だが、そうした文明人としての日本人も、ちょっと前の開化以前（幕末期）には、互いに首級の取り合いをする（桜田門外の変では、井伊大老の首が取られた）ような野蛮性に満ち満ちていたのであり、そうした野蛮で、残虐な首狩りの風習（陋習）を忘れているようなふりをしている、「熟蕃」にしかすぎないという自覚は、大鹿卓の『野蛮人』や、西川満の『ちょっぷらん島漂流記』などの作品を俟つ以外になかったのである。[2]

4 八〇年後の「霧社」

これらの作品から、八十年ほどを隔てた時間のあとに、『あまりに野蛮な』は、書かれている。過去の人であるミーチャにとっては、それは自分が台湾に渡ってきたすぐ前の出来事であり、その社会的、精神的痕跡が、ミーチャを取り巻く、台湾在住の「内地人社会」にも色濃く感じられる時期だった。一方、「現代」のリーリーは、そうしたミーチャの体験を追体験するかのように、山地へ行き、原住民の民族文化園や民族博物館としての観光地を訪ねたり、部族の人たちの家を訪問し、百歳にもなる日本語の出来る老女ムトクトク（パイワン族）のところを訪れたりするのだが、それは基本的に作者である津島佑子本人の台湾での体験を基にしていると考えられる[3]。

『あまりに野蛮な』のなかでは、霧社事件は、それまでこの事件を描いた日本の近代文学作品とは異なって、徹頭徹尾、〝殺戮された側〟、首を斬られて死んだ女や子どもの側からの恐怖や怨恨、憎悪と悲嘆の悪夢として描かれている。これは、日本人、「高砂族」という民族的差異を超えて、徹底して被害者の側に寄り添った描き方である。そこには、霧社事件の首謀者とされるモーナ・ルーダオや、その妹で、事件のきっかけを作ったというテマス、さらに蜂起に参加しなかったものの、そのほとんどが縊死したというマヘボ社の女性や子どもたち、さらに第二次霧社事件と呼ばれる、飛行機や毒ガス、機関銃や大砲を使っての日本軍、警察による掃討作戦の犠牲者、モーナ・ルーダオなど蜂起軍に対して協力、共鳴した「蕃社」への他の蕃社による襲撃の犠牲者などをも含んでいる（死者の数からいえば、霧社事件での「内地人」のそれより、第二霧社事件という報復の戦闘による先住民の死傷者の方が圧倒的に多い。それには、花岡一郎、二郎のような「蕃人」あがりの警察官の切腹死や、いわゆる「蕃妻」の自決死もあった）[4]。

つまり、そこで描かれているのは、台湾人と日本人（内地人）という差異でもなく、もちろん、文明人と野蛮人という対立項でもなく、「熟蕃」と「生蕃」といった二分法でもなく、〝殺された側〟に一義的に共鳴する「立場」に、ミーチャやリーリー（や、作者の津島佑子）がいるということを表わしている。

ミーチャは、今でいうならば、強いマザー・コンプレックスを抱いた、世間知らずの学者・明彦と結婚したものの、夫の母親である姑との人間関係に疲労困憊し、夫の赴任先である「外地」の台湾で暮らさざるをえない日本人妻であり、学校の同僚の妻たちや、台湾人の家事手伝いの使用人や、はてはセイバンアヒルや鳥のペタコや黒犬、ヘビや虫たちにも精神の安定を脅かされる存在だ。「エロ学（セックス）」を極めようと努力しながら、結局は不感症である自分の身体を自覚しなければならなかったし、明彦との第一子は流産し、台湾で産んだ「文彦」は赤ん坊のままで死んでしまった。嫁−姑関係、「外地」台湾における生活でのカルチャー・ショック、そして霧社事件や、中国の東北地方で始まった戦乱と、戦時体制での締め付けの厳しさ、さらに台湾での地震と、夫婦間の絶対的な精神の乖離によって、ミーチャの心は激しく痛み、そしてついには、心身の不調から万引をして、精神を病んだものとして、夫(の家)から離縁され、実家に戻り、そこで死んでしまうという幸薄い女性だったのである。

リーリーは、そんな会ったことのない伯母の残した書簡類をたまたま目にすることが出来、伯母が体験した台湾生活を、少しでもいいから追体験しようと、「現代」の台湾へやって来た中年の日本人女性という設定だ。

もちろん、日本でも台湾においても、霧社事件に対する歴史上の位置付けや解釈は、戦中と戦後では大きく異なっている。台湾が日本から独立し、「中華民国」として歩んできた道程と、中華人民共和国の成立と、「一つの中国」論(台湾は、政治体制は違っても、一つの中国に含まれるとする、中華人民共和国側の主張)は、台湾の歴史の解釈、再解釈、「外省人」と「内省人」の相克などによって、「霧社事件」の歴史上の評価や意義をそのつど、大きく変貌させてきたのである。二〇一一年に公開された『セデック・バレ』(監督・脚本、ウェイ・ダーション〔魏徳聖〕)のような映画を最左翼に、少数民族の自立、独立を目指す、帝国主義・軍国主義への抵抗運動としてのゲリラ戦争というとらえ方は、これまでの野蛮人による絶望的な軽挙妄動とされる、植民者側のとらえ方や、せいぜいのところ、上からの目線による同情的な見方、日本人側の非道さと虐政を糾弾し、蜂起や蹶起の正当性を擁護するような見方に対して、敢然と異を唱えるものとして注目される[5]。

しかし、『あまりに野蛮な』のミーチャとリーリーの場合は、そうした「男」たちの立場や論理とは別のところにいる。政治や権力や支配・被支配関係の埒外のところで、ただ、〝殺され〟、〝脅かされ〟、〝首をとられる〟側の一方的な立場からしか、戦いの光景を見ることができない。

――「蕃婦」のミーチャは泣きながら走る。自分を呼ぶ悲鳴のような子どもの声が、耳にひびきつづける。それなのに、子どもが見つからない。まわりに降りしきる血の幕にさえぎられ、見えるはずのものも見えない。銃をやたらに撃ち、「蕃刀」を振りかざす男たちは興奮して駆けまわり、かれらから逃げようとする人たちも恐怖の火にあおられて駆けまわる。血のぬめりで足がすべり、転ぶ人もいる。銃に撃たれて、だれかが倒れる。すでに血で赤くなった「蕃刀」がどこからかあらわれ、首が切り落とされる。腕が切られ、宙に飛ぶ。空から血が流れ落ちてくる。

ミーチャは走る。子どもが見つからない。お母さん！　お母さん！　と自分を呼ぶ声は聞こえるのに。

ここでは、ミーチャは、日本人ではなく、攻撃する側の「蕃婦」である。むろん、獰猛な「蕃人」たちも、自分たちと同族の女子どもを攻撃することはない。しかし、単に肌の色や身体的特徴だけで区別のつかない、日本人と、和服を着た「蕃妻」と「蕃婦」では、識別が難しい。殺戮の混乱現場では、誰もが兇行の犠牲者となる可能性は高かった。子どもや婦人に和服を脱がせ、「蕃衣」で包まなければならない。「蕃婦」であるミーチャには、それしか殺戮から免れる方法は思いつかなかったのである。

ここには、「どちらが野蛮人で、どちらが文明人であるか」といった、良心的な日本人の文学者が、「霧社事件」に際して放った自省的な問題点など、ない。しいていえば、サーベルや蕃刀や、猟銃や拳銃や機関銃を持つ、軍隊・警察・蜂起蕃人の「男」たち全員が野蛮人だ。首切り合戦に明け暮れした近代以前の日本人男性だけではなく、近代以降の日本軍や警察などの実力機関、暴力装置の「男」たちは野蛮だった。もちろん、このことは、霧社事件の時の霧社蕃の残虐な野蛮さを相対化させたり、「第二霧社事件」の日本側の凄惨な野蛮さを割り引こうとするものではない。どちらも「あまりに野蛮」だった。日清日露の戦争も、大東亜戦争も、朝鮮戦争もベトナム戦争も、アフガン戦争も湾岸戦争もイラク戦争も、全てが「野蛮」であり、兇悪であり、比類のない流血と残虐さの応酬だった。正義のための戦争などなく、聖戦も、名誉の戦死も、賞賛すべき戦闘もなく、ただ「戦争」は人間の野蛮さを剝き出しにするだけのものなのだ。

リーリーの悪夢のなかに現れる「蓄婦」のミーチャは、「文彦」という一人息子を亡くした母親だった。リーリーもまた、十一歳の息子を交通事故で亡くした母親だった（リーリーは、自分が息子を〝殺した〟という強い自責感を持っている）。そのことが、霧社事件の兇行の現場（に近い山地）にあって、リーリーの心を共震させ、「蓄婦」ミーチャの悪夢の体験を追体験させたのだが、それはミーチャやリーリーの心のなかにこそ、「野蛮さ」が漲っていることを示している。ミーチャやリーリーのような女性たちの本質は、男の性器を喰い千切るような、兇暴な歯を持つ女性器を隠し持つような兇悪、獰猛な生き物なのであって、彼女たちは、愛する男たちや子どもたちを、喰い殺したり、死に追いやったりするような「野蛮性」を魂のどこかに密かに包み隠し、保存しているような存在にほかならないのである。

5　「三つの太陽」と大地震

暑さは、人間を兇暴にさせる。もちろん、これは温帯地方に住む私たちが、亜熱帯や熱帯の自然環境に包まれた人間に対する偏見にすぎないが、野蛮さと暑さとは、人間の精神のなかで正比例するものではないかというのが、この偏見の核心である。

『あまりに野蛮な』のなかで、台湾の山地の先住民族の村へ行ったリーリーは、ヤンさんといっしょに山を下りようとした時、強烈な暑さ、うだるような炎天を経験する。それは、ただ〝暑い〟というだけではなく、兇暴で兇悪な悪意を孕んだような暑さなのだ。二人乗りのバイクから降りたリーリーとヤンさんは、クスノキの大木の葉陰で、ようやく灼熱の太陽光を避けて、午睡する。といっても爽やかな眠りではなく、汗まみれの、悪夢のような幻覚を覚えながらのしばしの休息なのである。リーリーはそんななかで、「三つの太陽」が出てきた世界で、その太陽を〝征伐（退治）〟しようと旅に出た英雄譚のことを思い出す。台湾の「高砂族」にある神話（民話）であり、英雄は竹筒に入った粟とミカンを持ち、背中に男の赤ん坊を背負って出かけた。太陽の昇るところは、遥かに遠い国だ。粟を食べ、ミカンで喉を潤しながら、英雄はその種を蒔き、次に来る者のために、食料と水分を用意しなければならない。一代では終わらない仕事のために、背中の赤ん坊に代を継いで、太陽征伐を遣り遂げてもらわなければならい。首尾よく、複数の太陽を弓矢で征伐した男は、故郷の国に帰って英雄として遇されことになるのである。〔6〕

中国南部では、「羿《げい》」の神話として知られる太陽退治の神話だが（古代、空に太陽が十個あり、人々は日照りと渇きに悩まされた。弓の達人・羿が九つまで太陽を射落し、一つの太陽が輝くだけになって、人々は救われた）、これが中国南部や台湾、それより南の熱帯、亜熱帯地方に伝わる伝承であることは間違いないだろう。温帯や亜寒帯、寒帯地方で太陽の暑さに苦しむ伝説が発生するとは思われない。記紀のアマテラスや天の岩戸のような太陽神の存在を寿ぐような神はあっても、生き物を焼き殺してしまうような太陽を敵視し、邪魔者にして排除しようとするような神話が成立するとは思われないのである。

温暖な気候の温帯の住人であるリーリーにとって、台湾の夏の瘴気や熱気は、兇悪なものであり、熱病あるいは熱中症などの元凶となるような敵対するものであった。「三つの太陽」に対する太陽征伐譚についてのリーリーの共感は、台湾の比類のない暑さという背景を措いて考えられないし、台湾という場所が作品世界の舞台として選ばれたのも、こうした暑さや熱、光の氾濫という要素を抜きにしては考えられないのである。別の本、エッセイ集として編まれた『夢の歌から』（インスクリプト）のなかに収録された「太陽光ととげ抜き地蔵」という短文のエッセイのなかで、こんなことが書かれている。


世界のどのていどの範囲なのか私にはわからないけれど、多くの地域で「余分な太陽」を退治する伝説が語り継がれている。太陽がふたつ、あるいは三つ、九つ、と地域によってその数はちがうものの、とにかく余分な太陽が、あるときからなぜか、地上をあぶりはじめ、人々がそれで死に絶えようとする。そこで英雄が余分な太陽を退治する旅に出る。それははるばる遠い旅で、苦難にも充ちているが、最後は邪悪な余分な太陽を弓矢で打ち落とすことに成功し、地上の人類は救われる。

こんな話が大昔から各地で語り継がれてきたことに、原発事故を経験した今の私は、ぎょっとさせられる。「人工の太陽」と言われる原子力の時代が来ることを、まるで予見しているかのような伝説ではないか。

そう、「余分な太陽」は本当に退治しなければならない。たったひとつの本物の太陽のもと、私たち人類はみな奇跡としか言いようのない命を与えられている。

もちろん、この文章は3・11の福島原子力発電所の過酷事故の後（二〇一二年十一月二十一日『東京新聞』夕刊）に書かれている。それに対して、『あまりに野蛮な』で「三つの太陽」の伝説のエピソードが書かれたのは、当然、3・11以前だ（『群像』二〇〇八年四月号～五月号）。とすると、作者の津島佑子は、余分な「人工の太陽」である原子力発電所が、地震と大津波によって、地域の土地と人々に回復不能なほどの被害を与えた大事故をその起こる前に予見していたということになる。もちろん、そんな予見は当たらなければよかったもので、「余分な太陽」のことなど、むしろ思い出さなければよかったようなものだ。津島佑子が「ぎょっとした」のは、まるで自分が予見していたかのように、「余分の太陽」「人工の太陽」による、大規模な避難民の群れと傷ついた人々を生み出した事故が、現実に生起したからだ。

予見、予言といえば、もう一つある。それはミーチャが台湾で経験した大地震と、津波に対する恐れである。一九三五年四月二十一日午前六時二分、台湾の新竹州《しんちくしゅう》と台中州を中心にマグニチュード7・1の大地震があり、死者三千名以上の被害をもたらした。新竹・台中地震である。小説にあるように、ミーチャの住むタイホクは震源地から距離があったことから、それほど大きな被害を受けなかったが、すでに日本で関東大震災を経験しているミーチャにとっては、明彦の旅行中の留守宅にいたということもあって、大きな恐怖と不安に怯えたことは間違いなかった。この地震が、すでに極限にまで追い詰められていたミーチャの精神の健全性を失わせるきっかけとなったことは否定できない。ミーチャの内面世界が壊れる最終的な引き金となってしまったのである。

リーリーとミーチャは、台湾において、精神世界が崩壊するような危機に瀕した。一方は大地震によって、一方は「三つの太陽」による暑さによって、その精神的危機を迎える。この伯母と姪との時間を隔てての共鳴、交感は、3・11後の日本列島に住む人々の精神的、思想的な崩壊感覚と重ね合わせて考えられずにはいられないのだ。

ここでもう一度念を押しておきたいのは、『あまりに野蛮な』が、二〇一一年の3・11以前に書かれ、刊行されているという事実だ。現在の私たちの眼からみれば、地震による世界の崩壊と、膨大な死者を生み出したことの恐怖と絶望と不安は、3・11の東日本大震災のそれをヴィヴィッドに表現したもののように見える。そして、ミーチャはタイホクまでは襲ってこない津波にさえ怯える。大地震と大津波のダブルパンチは、3・11以前には、あまり問題となっていなかったものだ。ましてや、「人工の太陽」である原子力発電所の原子炉が脆くも破壊されることは、ほとんど予測する人もいなかった出来事だった（実は、本当はそうではなかったのだが。予測され、懸念された、〝想定内〟の事故であったことは、今では明らかとなっている)。

『あまりに野蛮な』のなかで津島佑子が表現しようとしたのは、「文明」と「野蛮」という二つのものの対立ではなかった。文明がその究極にまで極まったような瞬間において、野蛮に転化することがあることを表そうとしたのではないか。それは、科学文明の粋を集めたような原子力科学工業(発電)の現場において、安全性を度外視した労務形態が、きわめて〝野蛮〟な体制のまま続けられているという現状を見ても明らかだし、そうした文明の最先端であるべき現代社会において、古代や中世のいわゆる暗黒時代とまったく同じような、いや、むしろそれ以上の人権無視や人権蹂躙や、人間性の欠如による暴力の横行が後を絶たないことを見ても、「文明」こそ、その内部に大いなる野蛮性を孕むものにほかならないことを現代は証明しているといわざるをえない。

〝あまりに野蛮な〟文明社会のなかで生きる、〝あまりにも野蛮な〟私たち。それぞれの背中に子どもを負ぶった五人の男女(これは、リーリーとミーチャとヤンさん、ミーチャの家に子守として雇われていたが、結核となり、里に返され死んだ原住民の少女メイメイ、モーナ・ルーダオの妹テワス、の五人である)は、いったいこれからどんな長い旅に出るのだろうか。『あまりにも野蛮な』という小説のエピローグとして描かれる旅立ちの場面は、文明のなかの野蛮(あるいは、野蛮としての文明――原子力のような)を克服するための、長い長い、遥かな道行への出発点なのである。

V　差別と『狩りの時代』

1　信じられぬ訃報

二〇一六年二月十八日、新聞社の学芸部の記者の電話によって、私は、津島佑子氏の死を知らされた。信じられなかった。しばらく会ってはいなかったが、雑誌に長篇小説を連載していたことは知っていたし、単発の短篇やエッセイなども時々、見ている。最後に、直接お会いしたのは一年ほど前だが、出版社のパーティーで、二人で並んで料理を皿に取った。高級なお寿司やローストビーフなど、ふだんあまり食べられないご馳走を、おいしいねと喜んで食べていた記憶がある。そんな津島さんが突然死ぬなんて、と思ったのだが、肺ガンであることを公にせず、治療と執筆に専念していたことを娘さんの香以さんから、後で聞いた。

患部が手術の難しいところで、二番目の抗ガン剤の効きが悪く、膵臓と腎臓への転移もあり、進行が早かったとも聞いた。ただ、本人も周りも、そんなに重篤との意識はなかったらしい。二月初めに体調を崩し、念のため再度入院し、肺炎を併発して、あっという間にみまかられた。享年六十八。日本人女性の平均寿命が八十歳を越える今日においては、あまりにも早すぎる死である。

文芸誌に連載され、完結して、すでにゲラの手入れも済んでいる『ジャッカ・ドフニ　海の記憶の物語』が遺作として刊行された。素晴らしい作品である。私は、ちょっと前に、私が編集を担当した現代短篇小説のアンソロジー（『現代小説クロニクル1985～1989』講談社文芸文庫）に、津島さんの同題の短篇小説「ジャッカ・ドフニ」を収録させてもらっていたので、この遺作がとりわけ心に響いた。私の生まれ故郷の網走にある、北方少数民族の民具などを蒐集、展示していた小さな博物館が〝ジャッカ・ドフニ〟で、長篇小説は、ここを家族三人（娘と息子）で訪れた思い出から始まっているのである。

なくなる前に、長篇一編をきちんと完成させている。津島さんらしい律儀さと精進だと感心したのだが、実はもう一編完成間近の長篇作品があるのだという。その未完成の小説の冒頭の一部が『文學界』二〇一六年八月号に掲載された。津島香以さんの註解があり、息を引き取る一週間前まで、原稿に手を入れていたという。小説家の母と、劇作家の娘の間では、もし、完成できないままになったら、娘に書き継いでほしいといった、冗談とも本気ともしれない話が交わされたようだが、「差別の話になったわ」と、書きかけの新作について津島さんは語っていたという。主人のいなくなった机の上にプリントアウトされていたという原稿は、後半、とりわけ最終部分は、まだまだ未定稿と思われるが、一応、首尾一貫したストーリーとなっており、大幅な書き直しなども考えられなくはないが、第一稿としては何とかまとまっている。編集者の勧めもあって、香以さんは、母親の本当の最後の最後の小説（絶筆作品）を活字化することにした。二〇一六年八月五日に、文藝春秋から刊行され、私たちの手許に届いた『狩りの時代』（文藝春秋）が、それである。[1]

2　兄と妹の世界

『狩りの時代』の主人公らしき人物は、絵美子である。絵美子の母のカズミ。早くなった絵美子の父親で、カズミの夫だった遼一郎。その実の兄の永一郎は、核物理学者でアメリカに住んでいる。その妻の寛子と、その子どもたちは、日本語をほとんど話せず、日系アメリカ人のようになっている。カズミには兄の創と弟の達がいて、絵美子とはいとこになる晃と秋雄という息子がいる。絵美子は、晃の子どもを宿して流産し、秋雄と婚姻届を出しているのだが、いっしょに暮らしてはいない。

時間は、絵美子たちの子どもの時代から、カズミと絵美子が永一郎たちの招きによって渡米し、さらに絵美子がフランスへ渡り、日本へ帰ってきて、晃や秋雄との関係があり、老いた永一郎が、九十になって、倒れ、混乱した意識のまま、夢のように過去を回想する語りで小説は終わる。この結末の部分はやや唐突であり、もう少し作者としては手を入れるつもりだったと思われるが、作品の展開の骨子は変わらないものと考えられる。

こうした、やや煩雑な親族関係は、『かがやく水の時代』や『火の山　山猿記』の人間関係、家系図と相似的で、中心的な人物である絵美子は、この両方の作品で、主人公＝語り手である登場人物と似通っており、それは実年譜に記された作家・津島佑子の存在と重なってゆくのである。たとえば、絵美子には、十二歳の時に、十五歳で病死した耕一郎という兄がいた。その「こうちゃん（耕一郎）」は、養護学校に通うダウン症の障害児であり、「ふつうの子」ではなかった。

このダウン症の障害児であった兄のこと（その兄といっしょに遊んだ記憶、その突然の死）は、津島佑子の作品の初期の頃から、その作品世界に大きな影を投げかけており、『童児の影』や『寵児』といった初期の代表的な作品において反復されてテーマ化されていることは、よく知られている。津島佑子、本名・里子の実の兄であり、三歳年上の正樹は、ダウン症児で、知能障害、行動障害を持つ障害児だった。小説作品のなかだけでなく、津島佑子は、この障害者の兄との、いっしょに遊んだ日々の、牧歌的ともいえる少女（幼女）時代を回想するエッセイや講演の言葉を残している。そこには、障害児と健常児といった差別（区別）はなく、言葉以前の共感とコミュニケーションの世界が描かれている。『狩りの時代』のなかでは、十二歳の絵美子は十五歳で死んだ「こうちゃん」について、こんなふうに考える。

耕一郎がおとなになったら、自分としてはどうしたらいいのか、絵美子は考えずにいられなくなった。こうちゃんはひとりで生きていけない。ふつうの子どもに生まれた絵美子はやがてふつうのおとなになって、仕事を見つけることができる。それだったら、おとなになったこうちゃんをおとなになったわたしが引き取ればいい。ちっともいやじゃない。お母さんだって、そのほうが安心にちがいない。へんなひととわたしが結婚するより、何百倍もいい。こうちゃんと夫婦になったら、子どもができるのかもしれない。兄と妹で子どもを作ってもいいのだろうか。それよりも、こうちゃんがお父さんになるなんて、想像がつかない。こうちゃんみたいなひとはお父さんというものになれるわけがないのだろうか。その答を、絵美子はまだ見つけられずにいた。

津島佑子は、「近親相姦風恋愛」（『私の時間』人文書院）というエッセイで、神話や民話の世界では「兄と妹」による近親相姦のエピソードが多くあって、それは宇宙や世界の創造が、兄妹による恋愛や結婚から始まっていることを語っている、と書いている。アイヌのユーカラにある「私」という妹とその兄との抱擁と結婚の物語や、日本のイザナギ・イザナミの国生み神話にも、それが表れているとも書いている。これは、まさに「絵美子」と「こうちゃん」との神話的時代の願望を投影させたものにほかならないだろう。アイヌ・ユーカラでは「兄は、〝妹よ！　心臓よ！〟と言って〝私（妹）〟を抱きしめ、〝私〟も〝兄さん！〟と言って、強く兄を抱きかえす。そして、この二人は結婚して、夫婦仲良く、女神の言った通り、永く人間の世界に生きて働いた」のである。健常児の妹は、障害児の兄の保護者、庇護者、そして同伴者とならなければならず、それは神話の世界では、至上で、至福の愛として物語られているのである。

もちろん、それは現実的な恋愛や結婚の選択肢とはなりえない。「こうちゃん」は十五歳で病没し、「おとな」になることができなかったからであり（「母子家庭の子どもは、死亡率が高い」!?）、兄妹間の近親婚は、神話時代のなかでしか認められることはないからだ。そんなことは、少女時代ならいざ知らず、おとなになった絵美子がわからないはずはない。だが、どんなに成長して、立派な「おとな」になり、世間知や社会知、分別や人間社会の規範や倫理や道徳を習得したところで、自然や生き物たち、光や風や水や土と直接的に触れ合い、一体化していた「子ども」時代の、兄の「こうちゃん」との共生、共感する神話的な原初的な世界や宇宙への没入感、陶酔感を、絵美子は、決して忘れることができなかったのである。

3　桜桃を食べる父

津島佑子の父親の津島修治、すなわち小説家の太宰治は、「子供より親が大事」という名文句を呟く語り手による私小説的作品、「桜桃」に、こんなことを書いている。

子供、……七歳の長女も、ことしの春に生れた次女も、少し風邪をひき易いけれども、まずまあ人並。しかし、四歳の長男は、痩せこけていて、まだ立てない。言葉は、アアとかダアとか言うきりで一語も話せず、また人の言葉を聞きわける事も出来ない。這って歩いていて、ウンコもオシッコも教えない。それでいて、ごはんは実にたくさん食べる。けれども、いつも痩せて小さく、髪の毛も薄く、少しも成長しない。

父も母もこの長男に就いて、深く話合うことを避ける。白痴、唖、……それを一言でも口に出して言って、二人で肯定し合うのは、あまりに悲惨だからである。母は時々、この子を固く抱きしめる。父はしばしば発作的に、この子を抱いて川に飛び込み死んでしまいたく思う。[2]

「桜桃」では、この後に、唖の子どもをその父親が殺すという悲惨な事件の新聞記事を引用し、障害者の子どもを持った親の悲哀を示唆している。

太宰治がその妻をモデルに一人称体で書いたのが「ヴィヨンの妻」だが、そこにはこんなふうに書かれてある。

坊やは、来年は四つになるのですが、栄養不足のせいか、または夫の酒毒のせいか、病毒のせいか、よその二つの子供よりも小さいくらいで、歩く足許さえおぼつかなく、言葉もウマウマとか、イヤイヤとかを言えるくらいが関の山で、脳が悪いのではないかとも思われ、私はこの子を銭湯に連れて行きはだかにして抱き上げて、あんまり小さく醜く痩せているので、凄《さび》しくなって、おおぜいの人の前で泣いてしまった事さえございました。

今まで、あっさりと読みすごしてきた太宰治の短篇小説のこうした一節だが、現実の問題として立ち止まって考えてみれば、これはかなり深刻で不幸な家庭・家族の問題だ。四歳にもなって立ちもせず、歩きもせず、言葉も発しないとなれば、知能や身体の異常を疑わざるをえない。長女の成長過程を見ている父や母が、その異常性に気がつかないはずはない。しかし、夫婦（父母）は、そのことを決して口に出そうとはしない。白痴、唖、先天性異常――当時は、ダウン症という症状（病気）のことは知られていなかったから、津島夫妻が、長男・正樹の〝異常〟を医学的に正しく理解できなかったことは無理はないと思われるが、それでも、先天性の障害を持って生まれついた子であることは、しかるべき検査や診断を受ければわかることだ。

しかし、父も母も、そうした決定的な診断が下されることを怖れていて、的確な判断から逃げようとし、避けているのだ。「子供より親が大事」、このあまりにも見え透いた韜晦の言葉の陰に、太宰治の深刻な〝怯え〟を見るのは、そんなに難しいことではないだろう。

遺伝子の異常というダウン症の病理的要因が解明される以前は、親の「酒毒」や「病毒」、あるいは不摂生や、時には不道徳や不倫が、子どもに遺伝、感染するものだと考えられていた(梅毒などの性病)。その点では、太宰治に〝身につまされる〟ものがあったはずだ。まさに、「親の因果が子に報い」というような、因習的、迷信的、非科学的な蒙昧さに太宰治がまったく囚われていなかったとは言い切れないだろう。

太宰治の代表作『人間失格』のなかに、印象的なエピソードがある。主人公大庭葉蔵の少年時代の話で、体操の時間に、跳び箱の練習の時、彼は持ち前の道化心のために、わざと失敗し、おおげさに尻餅をついて、級友たちに笑われた。しかし、そのなかで、一人だけ、彼のその失敗が〝ワザと〟やったものであり、演技であることを見破った者がいた。姓は失念したが、竹一という名前の生徒だった。彼は「クラスで最も貧弱な肉体をして、顔も青ぶくれで、そうしてたしかに父兄のお古と思われる袖が聖徳太子の袖みたいに長すぎる上衣を着て、学課は少しも出来ず、教練や体操はいつも見学という白痴に似た生徒」だったのである。養護学校や特殊学級が制度的にできあがる以前には、知能障害児と思われる児童も、義務教育において、普通学級のなかで、いっしょにクラス分けされていた（そのことの当否は別として）。しかし、この『人間失格』のエピソードは、そうした「白痴に似た」竹一だからこそ、主人公の道化面をかぶった演技や、虚飾や虚栄や虚構、ごまかしや劣等感や羞恥心の、もっとも本源的な部分を見抜く能力を持っていたということに対する「不安と恐怖」だったのではないか。

津軽という田舎の分限者、有力者の家の子息であり、田舎の学校の秀才であり、早熟な文学的才能を持っていた（自負していた）津島修治＝太宰治。そうした彼の自恃や自負、自尊心を、背後から〝一突き〟にするのが、「白痴に似た」竹一の「ワザ、ワザ」という言葉であり、視線なのであり、太宰治はそうした無邪気で、無垢な視線の透視力をもっとも怖れていたのではないかということができる。自分のなかにある、もっとも弱い部分、恥の塊となっている部分、それによって自分の存在そのものが相対化され、浮游するような感覚。個人としての全体性を突き崩す崩壊感覚。それを、四歳となった長男の正樹を見るたびに、父親としての太宰治は、感じずにはいられなかったのではないだろうか。

しかし、この父は、「この子」の代わりに、妻でも、さほどの深い愛人でもなかった女性（もちろん、いろいろな見方はありうるが）とともに、「川に飛び込み死んでしま」ったのである。妻の美知子宛ての遺書の反古には、「皆、子供はあまりできないやうですけど　陽気にそだて下さい」とか、「子供は凡人でもお叱りなさるまじ」の文字が見える。少なくとも、長男の正樹に関しては、「あまりできない」といったレベルではなく、また、「陽気」とか「凡人」という言葉は、むしろ現実と裏腹なものだろう。子どもたちには、「凡人」として、「陽気」に暮らしてもらいたい。これを太宰治のはかない父親としての願望ととるのは、あまりにも悲しすぎる（凄《さび》しすぎる）ことだろうか。[3]

4　「適者生存」と「フテキカクシャ」

『狩りの時代』の作中で、大きな意味を持つのは、いとこの晃が、絵美子の耳に囁いた「フテキカクシャ」という言葉である（それは、晃ではなく、別のいとこの秋雄の言葉だったことが示唆されている）。不適格者、である。これは、晃と秋雄の父親たち、絵美子の母親の兄弟である創と達おじ（叔父）さんたちが、部屋のなかで話し合っていたことの断片的な言葉を、ドアの外でその子どもたちが盗み聞きしていたもので、大人たちの会話の中身は、ナチス・ドイツの、後にホロコースト（大虐殺）と呼ばれることになる、ユダヤ人などを地上から抹殺しようという人種隔離政策、人種抹殺計画について、論議していた時に出てきた言葉だった。

ナチス・ドイツのホロコースト政策は、白人、アーリア人種、ゲルマン民族の至上主義による、劣等人種、民族とされたユダヤ人を、少なくともヨーロッパから根絶やしにするというユダヤ人種の絶滅だけを目指すものではなかった。不具、盲目、聾唖などの身体障害者、知恵遅れ、知能障害を含む精神病者、ジプシー（ロマ族）など浮浪性、虞犯性を持つと思われた社会的、民族的マイノリティーなど、社会的弱者に対する、総括的、包括的な抹殺、虐殺政策であり、それは優生思想に基づく、いわゆる「適者生存」——俗流進化論思想の一種で、ハーバート・スペンサーが唱えたとされる。ダーウィンの『種の起源』に影響を与えたとされる——の論理の展開の果てにゆきついたものだった。「最適者生存」ともいわれ、「適者」の反対語が「不適格者＝フテキカクシャ」となり、こうした思想の下では、そうした烙印を押された個人、集団、民族、人種は、その生存が脅かされることになる。これを最大限に広げ、押し詰めたのがナチス式の人種抹殺の優生思想で、アウシュビッツなどの強制収容所で、ホロコーストが実施されたことは、人類史的な規模の悪夢であり、悪業であり、犯罪であることは論を俟たない。

一九三七年、「日独伊防共協定」という、いわゆる日本・ドイツ・イタリアの枢軸国による三国同盟に発展する協定が締結された記念に、ヒトラー・ユーゲント、すなわちナチス・ドイツの少年使節団が、日本を訪問するという行事があった。選ばれたアーリア人種のドイツ人の美少年一行が、日本の各地を訪れ、歓迎の式典が催された。一糸も乱れぬ隊列の規律の正しさや、鉤《かぎ》十字のナチスの旗を先頭に、片手を前方に伸ばす「ハイル・ヒトラー」のナチス式敬礼は、日本の至る所で人気と喝采を博したのである。少女時代のヒロミ（絵美子の母であるカズミの妹）や、創伯父さん、達叔父さんも、当時住んでいた山梨の町の鉄道駅まで、彼ら一行を見物に出かけた。予定では、汽車で通過するだけであった使節一行は、駅頭に降り立ち、日本人たちの歓迎に対して答礼を行ったのである。[4]

子どもであったにしろ、ヒトラー・ユーゲントの使節団の歓迎に出たことは、少なくとも寝覚めの悪い体験であり、記憶であったことは間違いない。ヒロミ、創、達の絵美子の伯父・叔父、叔母たちにとって、それがトラウマとなった戦時中の「少国民」、〝少ファシスト〟だった頃の忌まわしい記憶として、無意識的に抑圧されてきた家族の歴史だったのである。

金髪で、青い瞳で、そろいの制服に身を包んだ十歳から十八歳までの少年の揃ったヒトラー・ユーゲントの少年たち。実際の少年使節団のメンバーたちは、必ずしも青い瞳、金髪で揃ってはいなかったけれど、健康的で、粒の揃った美少年たちで、「美しかった」ことに間違いはない。達叔父さんは、その頃から自分の美少年愛の資質に目覚めるようになったという。しかし、このヒトラー・ユーゲントの少年たちの美しさは、〝必ずしも美しくない〟ものと対照的に存在するものにほかならない。金髪、碧眼、白い肌は、アーリア人種の理想的な人体的な美しさの要素だ。そして、こうした要素が人体美の普遍的な基準であるとしたら、黄色い肌に、黒い髪、黒い瞳が一般的なアジア人種、日本人はそうした美の基準から最初から疎外されていることになる。真善美が一体となった理念からすれば、それは〝真〟でも〝善〟でもなく、ナチスの優生思想からすれば、劣等民族として、「フテキカクシャ」として、生存権すら認められない存在ということになる。

つまり、ヒトラー・ユーゲントの少年たちの〝美〟を称賛し、それを寿ぎ、歓迎することは、その裏面として、美しくないもの、容貌や身体的健康さにおいて、一般人より劣ったもの、虚弱者、病者、異常者などに対する「差別」を、本質的に孕んでいるのであり、優勝劣敗といった〝適者生存〟の原理をそのまま貫徹させることにつながるのである。

もちろん、美しいものを、そうでないものから区別し、差別化することと、美しくないもの、醜いもの、劣位のものを排除したり、排斥しようとすることとの間には、千里以上の逕庭があるはずだ。

しかし、美しいものが、美しくないものに囲繞され、優性は劣性との比較や対照においてこそ成立するという相対的な論理や道理を忘れ、無視することになると、優位者による劣位者への排斥や排除の攻撃が始まる。ナチス・ドイツのアーリア人種至上主義には、ユダヤ人との現実的な社会的な階層差や、経済的な格差に対する憎悪や不安が複雑に人種差別、民族差別に絡んでいただけに、状況はきわめて矯激なものとなっていったのである。アドルフ・ヒトラーというナチス・ドイツの独裁的指導者の性格もあってか、人種間、民族間の憎悪や嫌悪や恐怖は、極限にまで煽られることになったのであり、そのはてに、ユダヤ人やロマ人、障害者や病者や老廃者に対するホロコースト（断種的な大虐殺）は敢行されたのである。

5　差別というテーマ

『狩りの時代』が、「差別」をテーマとした小説であるといわれるのは、真善美を追求するような、人間の理念的、理想的な美徳とされるものも、本質的には人間の差別的意識から胚胎してくるものではないのかという、根本的な疑問をテーマとしているからではないかと思われる。「きれいは、きたない。きたないは、きれい」だと、シェークスピアの劇に登場する魔女たちは、呪いのような言葉を吐くが、「きれい」と「きたない」が相対的なものであるというより、相補的で、ウロボロスの蛇のように、自らの尻尾を咥えてグルグルと循環するようなものであることを示しているのではないか。

しかし、美と醜とが相補的であったとしても、その二つの概念には厳然とした区別があり、「差別」がある。真と偽、善と悪、適格と不適格、健常者と障害者……それらの両者の間には、はっきりとした境界線が引かれ、人間の思考自体、思想や文化そのものが、「差別の構造」を生み出しているのではないか。そこまで、『狩りの時代』の小説としてのテーマは引き伸ばされていると思われるのである。

もとより、こうした人間の精神の、あるいは人間の文化の根底に横たわる根源的な問題を、一編の小説によって、解き明かすことができないことなど明らかだ。『狩りの時代』という小説が、完全な完結を見ずに未完成のままに残されたのは、むろん作者の早すぎる死によるものだが、基本的にテーマそのものが、未完結の問いにしかならないものであることも意味していたのではないだろうか。

私たちの社会と生活のなかから、「差別の文化」は常に更新され、再生させられる。それを差異や差違と言い換えることは可能だが、それが現実世界での構造的な「差別」を無化したり、解体させたりするものでないことは明白である。

「差別の文化」に立ち向かうということは、その差別の実相を明らかにすることから、まず始まる。差別に関しては、〝寝た子を起こす〟ことが必要である。私たちは、ともすれば、差別の実相や実態から目をそらし、それが表面上に現れてこず、〝見えなくなっている〟ことに安住し、そこから一歩も踏み出ようとはしない。もちろん、差別がなくなったわけでも、その構造が解体されたわけでもなく、ただ、隠蔽され、〝見えなくなった〟だけでしかない。

〝美しい〟ヒトラー・ユーゲントの少年たちの対照項として、「フテキカクシャ」の「こうちゃん」のような存在がある。絵美子にとって、差別のもっともはなはだしいのは、「こうちゃん」のような存在を無いものとする、一見、障害者を持った家族に対するいたわりのような感情なのである。

『狩りの時代』のなかで、絵美子と耕一郎の父親の遼一郎は、二人の子どもと妻のカズミを遺し、早死したことになっている。しかし、それは病死や事故死などではなく、「路上での酒飲み同士のトラブルに巻き込まれた」上での死ということだった（一種の事故死ともいえるが）。ストーリー上の展開からすれば、この遼一郎の死因は、必ずしもこうした不慮死でなければならない必然性は乏しいと思われる。時代性からいっても、戦死や病死（結核などの不治の病）であっても、作品世界において、それほど支障があるとも思えない。

子どもを遺しての遼一郎の不慮の死が、その実兄である永一郎をして、甥や姪に対してのある種の負担感、責任感、惻隠の情を持つに至ったと考えられることには、根拠があると思われる。いわば、実の父親に〝見捨てられた〟子どもたちに、憐愍や同情の気持ちを持つのは、当然というべきだろう。『狩りの時代』の最後が、永一郎の昏睡状態での〝夢の語り〟でしめくくられ、そこに遼一郎についての言及があるのは、永一郎が彼の死にこだわりを持ち、それに持続的にこだわり続けてきたことを示しているだろう。不慮死した遼一郎の代わりに、耕一郎の面倒を見なければならないと永一郎は、強く責任を感じている。それは、本来は障害を持つ子どもを庇護し、守り育てなければならない父親が、その義務や責任を放棄したかのようにいなくなってしまったからだ。このことについて、やや悪感情を持ったような言葉をいったのは、カズミの姉のルイ子で、「だって、あんたたちのお父さんはふたりも子どもを残したんだもの」といい、「父親には子どもに対する責任があるでしょ」と言い切っているのだ。

ごく一般的な人間の常識的な倫理感情からいって、二人の幼い子ども——一人は知的障害者だ——を残して、自分勝手（たとえ、それが不慮の事故死であったにしろ）に死んでしまった父親が、無責任であり、子どもの親であることの資格を欠いた者としてみなされても仕方がない。ましてや、その死が、自ら選んだものであるとしたら、それは普通、養育や被保護の義務の放棄とみなされるべきことだろう。

そういう意味では、『狩りの時代』のなかの登場人物は、娘の絵美子、妻のカズミ、兄の永一郎などは、遼一郎に対して優しすぎるというか、甘すぎる。ましてや、その死が絶対に避けようのないものではなく、些細なトラブルに起因するものであるならば、それはもう少し注意深くあるべきだと、非難されても仕方のないものと思われるが、どうだろうか。

6　不慮の死と自殺

『狩りの時代』の親族、血族関係が、津島佑子という作家の現実的な親族関係に比定されることは、明らかだろう。絵美子は作者自身（津島佑子＝里子）に、耕一郎は津島正樹に、カズミは津島美知子に、そして遼一郎は津島修治、すなわち、太宰治ということになる。

もちろん、虚構と事実を単純にイコールとすることには慎重であらねばならないが、『狩りの時代』のように、現実の家系図に重ね合わせる家系を小説世界のなかで用いることは、すでに『火の山　山猿記』でも試みられており、作家自身もそれを否定することはない。『狩りの時代』の遼一郎は、太宰治に近似した存在だ。彼は子どもを遺して、はやばやと死んでしまった父親だったのである。

そういう意味で、太宰治は、「白痴、啞」かもしれない息子を我が手で殺すことの代わりに自分を殺してしまった、無責任で、弱い父親だったといわざるをえない。太宰治の次女であった津島佑子にとって、自分と兄（と姉）という被保護者を遺棄した〝無責任〟で、〝悪い父親〟にほかならなかった。

だが、もちろん、誰でも自分の父親が、自分たち子どもに対する責任や義務から逃避して、母親ではない別の女性と心中したのを肯定できないだろうが、また、そうした父親を憎み切ることも難しいだろう。なぜなら、子どもは親を選んで生まれることはできず、両親の片一方でも否定的にとらえることは、自分自身を否定することになるからだ。

『狩りの時代』のなかで、明らかに太宰治と重なる遼一郎を、自殺ではなく、不慮の事故死としたのは、無意識のうちに、父親の悲しみと、その夫の死に対して決して批判的な言葉を放つことなく、未亡人として、母子家庭の母親として、毅然として、二人の娘と、障害者の息子という遺児を育て、生き続けてきた母親の姿を見続けていたからだろう。それは、たぶん、「(死を選ぶのは) あなたが嫌いになったからではないのです」という夫の最後の言葉

(遺言にあった)を、自分のものとして一生涯抱きしめ続けていたからだろう。その母親に育てられた娘が、無意識のなかでも父親のことを批判的に見ることはありえなかったと思われる。

『狩りの時代』では、永一郎の末期の夢のなかで、カズミは「遼一郎さんにはいかなる咎もございません」と語っている。遺伝子性の障害を持った子どもが生まれたことを、カズミは自分の咎であると、自責の念、罪悪感にとらわれているのだ(もう少し推敲の時間が残されていたら、このへんのところは書き替えられていたかもしれないと思われるが)。

だが、障害者の家族とともに、無理心中する親や子弟や親族に同情し、哀れむことはあっても、その〝犯罪〟を肯定することがあってはならない。むろん、そうした重荷から逃避するために、親として自死に至ることも同断である。

こうした観点から、太宰治の死や、その小説、生活を論じたものを、私は寡聞にして知らない。しかし、太宰治がその「桜桃」や「ヴィヨンの妻」や「父」といった作品で、韜晦した形ではありながら書き綴っている息子のことを、評論家や研究者が無視していることは、障害者(障害児)に対する隠微な差別ととらえることは考えすぎだろうか。太宰治の略年譜には、長女・園子、次女・里子の誕生は記載されているのに[5]、その中間に挟まっている長男・正樹の名を逸している。単なる手落ちと思いたいが、太宰治の文学を愛好したり、研究する側にも、その障害児の存在を無視したり、故意に忘却したいという気持ちがなければ幸いなのだが。

『狩りの時代』で、永一郎は核物理学者という設定である。これはむろん、3・11以後の日本社会において、「原子力／核」という学問体系が、人間社会に大きな災厄をもたらした（原水爆の核兵器と原子力発電の不正義と事故）ことへの反省がこめられている。それは何よりも、原爆の犠牲者や、原発事故による放射能汚染地域からの避難者たちなど、〝見棄てられた〟人たちや生き物たちについての共鳴や共感、共生の感覚にほかならない。それは、障害者や虚弱者、老人や子どもや女性、民族的少数者など、社会的弱者に対する「差別」を決して見逃しにすることのない、倫理感と正義感に基づいている。「フテキカクシャ」という線引きによって、生きることの価値を否定されたものの側から世界を見た場合、そこにあるのは、虚無と絶望だけのものだろうか。それとも、生きることの本当の豊かさや美しさだろうか。

後者であることは、「こうちゃん」といっしょに生きてきた絵美子にとって、正樹という兄といっしょの至福の少女期を送った津島佑子にとっては、自明のことと思われるのである。

VI　言葉という羽根

『黄金の夢の歌』、『葦舟、飛んだ』

文学の世界にデビューして以来、四十年以上創作活動を持続してきた小説家の作品群を、いくつかのまとまった時期に分けて考えるのは、許されることだろう。津島佑子の場合、処女作の『謝肉祭』以来、女性の単独で孤立した生き方を追求した小説群、男性との同棲、出産、関係の破綻、母子家庭の自立した世界を描いた小説群（『寵児』『光の領分』など）、そして息子を亡くすという現実の体験を経て、「夢の世界」でその経験を何度も反芻し、再生の希望につなげようとする小説群（『真昼へ』『夢の記録』など）、『火の山　山猿記』などの日本の近代と戦後の時代を家族の物語として語って見せる小説群など、大まかに四期ほどの時期を設定することができるだろう。

二〇〇〇年代に入ってからの『あまりに野蛮な』（二〇〇八年）以降、『黄金の夢の歌』（二〇一〇年）、『葦舟、飛んだ』（二〇一一年）という、三部作ともいえる長篇小説の完成は、彼女の文学的履歴のなかでも、新たな一時期を画するものと評することができるのではないだろうか。強いてそれを共通項によってまとめれば、「アジア・ユーラシア三部作」とでもいえるもので（これに『ジャッカ・ドフニ』をつけ加えて、四部作と考えてもよい。『笑いオオカミ』、『ナラ・レポート』、『ヤマネコ・ドーム』を、もう一つの三部作としてもよい）、作者がその晩年に精力的に行っていたアジア地域の旅の成果をきわめて旺盛に取り入れた作品群といえる。

『あまりに野蛮な』は、一九三〇年代の台湾、すなわち日本の植民地支配下の台湾に渡った日本人女性のミーチャと、その七十年後に、ミーチャの姪であるリーリーが、やはり台湾の先住民である、いわゆる高砂族の居住地で起こった「霧社事件」について調べ、考えるという主題が一本太く貫かれている。台湾人が日本人を殺し、日本人が台湾人を殺したという負の連鎖の記憶。ミーチャもリーリーも、そうした植民地台湾での血腥い記憶を甦らせることによって、台湾と対峙する日本人として（女性として）の存在の意義を見出そうとするのである。

日清戦争以来、日本が植民地統治した台湾。それは近代日本が帝国主義戦争によって初めて獲得した植民地であり、その後の朝鮮半島や「満洲」、南洋群島や樺太の領有につながってゆくものであり、それ以前としては沖縄、北海道の内国植民地から外部へと日本が進出（侵略）してゆく契機となった場所だった。過去と現在、生者と死者とが絡み合い、現実と想像と妄想とが重なり合い融合した世界が混沌として表現されるという小説空間が、縦横無尽に繰り広げられる。それをアジア的混沌とひとくくりにすることはできないが、次元を異にしたさまざまな過去、現在、虚構、想像の世界からの「語り」が重層的に響いているという作風を示すことによって、津島佑子が語る「アジア」世界の物語は、まず幕開いたのである。

『黄金の夢の歌』は、中央アジア・キルギスの英雄叙事詩の主人公マナスへの「夢の歌」を根底に響かせながら、「あなた」と呼びかけられる作者と等身大の主人公（語り手）が、キルギス、ウイグル、内モンゴルの遺跡や古墳を、砂漠、湿原、草原、高山、湖沼の地を訪ね廻るというものだ。もちろん、この小説のなかで作者を「あなた」と呼んでいる一人称の主体は作者自身だ。ここでは、あえて「私」という一人称を使わずに、自分の行動や言動、感覚や知見を「あなた」のものととらえ直すことによって、一人称による自在な「語り」と、二人称による「語り」の客観性を担保しようとしたものと考えられる。

旅の同行者、バカイさんやチョルポン嬢、チャリクさん、ウルビュさん、ボーベクくん。それぞれに単純に中国人とか、キルギス人とか一口ではいえないような来歴や過去の持ち主だ。日本人として生まれ、日本で教育を受け、日本語で生活をしている、きわめて単純な日本人の「あなた」のような境遇こそ、ユーラシア大陸とその周辺の島々とで構成されるアジア地域（海域）の住民では、むしろ珍しい部類に属するのである。

マナスや、アイヌ神話のポイヤウンペ、そしてアレクサンドロス。少年神とも少年英雄とも伝えられる「男の子」の「夢の歌」を、「あなた」は歴史と神話と伝説とが折り重なる中央アジアやモンゴルや興安嶺の天と地とに求めようとした。世界史だけがそこで交錯しているのではない。むしろ、神話や伝説や物語が、そこでは過去も現在も未来も未分化に交錯しているのであって、「語り部」としての作者は、つねに作品の外側から、「あなた」と呼びかけられることによって、虚構の自然世界に現前してくるのである。

『葦舟、飛んだ』は、三部作のなかでは、もっとも複雑な構造を持っている。小学校の時に同級生だった雪彦、達夫、昭子、笑子の男女四人。彼らは達夫の妻でやはり同級生だった道子の葬式（スズメバチに刺されて死んだ）で久しぶりに出会う。それぞれ老親を介護したり、離婚したり、子どもたちと別居したりしている。いかにも現代の日本社会における初老世代の典型的な境遇だ。

彼らはメールで互いに報告書を書くことになる。自分たちの出た小学校が廃校になったのは、学童疎開から帰ってきた児童たちを臨時に受け入れるために開校された学校だったからだ、といった過去の出来事が明らかになってくる。また、自分たちの親の世代の「満洲」での体験やシベリアでの抑留体験、また「満洲」やシベリアでさまざまな民族や国民が、難民や亡命者、孤児や浮浪児としてさまよい歩いたという近代の無名で無告の人間の記憶が甦ってくるのである。

達夫の妹の理恵、昭子の息子の哲という、やや若い世代もその報告書の輪に参加して、「満洲」を中心とした日本の旧植民地の近現代史を、その土地を直截的には知らない日本人同士が、その思い出や記憶を共有化しようとするのである。もちろん、その輪に参加するのは老若男女の日本人だけではない。笑子の母親である中国人の安華、道子と親しかったサーシャというロシア人も、物語の展開において、重要な役割を果たす登場人物である。

中国（東北部）、シベリア、ロシア、そしてニューヨークと、物語の舞台は、アジア・ユーラシア大陸、さらにそこからグローバルに広がってゆく。だが、物語の焦点は、はっきりと定まっている。それは、女性たちや子どもたち——過去の歴史においても、現在の現実社会においても、つねに弱者として、被害者として、敗者として、歴史から、社会からとり零《こぼ》されてゆく存在としての——、歴史的、社会的弱者たちに対して一貫して注がれる温かいまなざしである。もちろん、これは歴史を単に被害者の側から、敗北者の側から見るという、いわばルサンチマンの思想や、それによる文学ということではない。そうした怨恨や復讐といった思想を超えた、普遍的で、人類の共通理解を求めるような湊合的な「夢の歌」の世界なのである。

戦争や紛争は、殺人や掠奪だけではなく、女性たちを「不法妊娠」させ、多くの望まれざる子どもたちを生み出す。達夫の娘・奈美がニューヨークでレイプに近い暴行を受け、妊娠する。父親の達夫、叔母の理恵は、おろおろするだけで奈美にしっかりとした助言を与えることができない。それが、「偽満洲国」や植民地の朝鮮を失って引き揚げてきた日本人女性たちのなかに、「不法妊娠」して、処理されるのを待つ妊婦たちがいたことと重ね合わされる。難民、避難民のなかには、男たちと違って、若い女性たちにはレイプ、妊娠、堕胎、出産という二重、三重の受難や受苦が待ち受ける場合が多いのだ。同級生たちの再会から、メールによる報告書の輪ができ、そこに子どもたちの世代の哲や青葉も参加するのだが、笑子の死期の近い父親や、死んだはずの道子なども一人称の「私」として登場してくる。津島佑子の「アジア・ユーラシア三部作」の特長ともいえるのは、こうした生者も死者も入り混じった、融通無碍で自由自在な「語り口」の伸びやかさだ。

小説の地の文章のなかに、手紙や手記、日記やメール文といったさまざまなスタイルが混入してきて、神話や伝説、物語や歌謡、詩歌の文体も綴れ織りとして小説の文章のなかに混在している。時には私小説のように、時には詩歌のように、時には呟きのように、津島佑子の文体は、さまざまな色糸を縦横に織り込んだタペストリーの模様を浮き出させている。『トーキナ・ト』(二〇〇八年、福音館)は、アイヌ人の刺繡作家・宇梶静江のアイヌ模様の刺繡画に、津島佑子が文章をつけた絵本である。「トーキナ・ト」というのは、アイヌのユーカラの囃子言葉であり、「わたし」は、人間の村を守る「ふくろうの　かみさま」の妹で、「やはり　かみさまの　おんなのこ」だ。アイヌ神謡の「わたし」は、いつでも、何にでも変身・変化する一人称の「私」である。おそらく、津島佑子が変幻自在の語り手の「私」という一人称を手に入れたのは、これらアイヌの「かみさま」たちの一人称語りに倣ったものだろう。「トット、トット、タン、ト」（『黄金の夢の歌』）といった合いの手も、アイヌの口承文芸から学んだものだろう。かくして、津島佑子は、天翔ける鳥の翼のような、自由な言葉の羽根を身につけたのである。

VII 富士には月見草がよく似合う

『富嶽百景』、『火の山　山猿記』

1 遠近法の眼鏡

遠くのものは小さく見え、近いものは大きく見える。子どもでもわかる遠近法の原理だが、西洋から「遠近法の眼鏡」が日本に入ってこなかったら、こんなあたりまえのことも、本当に「あたりまえ」のことだったかどうかわからない。もちろん、遠眼鏡や虫眼鏡のように、「遠近法の眼鏡」というものが本当にあるわけではない。それは、見えたものをいかに絵画面の上に画法として表現するかという「見方」のことであり、視点の据え方ということだ。子どもの描く絵は、犬も「わたし」も「ぼく」も家も自動車も同じ大きさだ。それは焦点のあて方、すなわち関心や注目の度合いによって、ものの大きさが違ってくる「焦点の違う眼鏡」を、子どもたちは「遠近法の眼鏡」以前に掛けているからである。

江戸の浮世絵と文学の研究家である諏訪春雄は、安藤広重や葛飾北斎の風景画の遠近法が、中国の蘇州版画やその影響を受けた年画（正月に門や壁などに飾る吉祥画の版画）の技法を取り入れたものであることを指摘している（『日本人と遠近法』筑摩書房）。西洋画の透視図法から中国画の鳥瞰図的な風景画、そして円山応挙の眼鏡絵や奥村政信の浮世絵を通して、日本の浮世絵へと伝わってきた技法が、今度は西洋近代絵画のジャポニズムとして、ゴッホやゴーギャンなどに還流して影響を与えたといえるわけだ。

太宰治の『富嶽百景』は、もちろん同題の葛飾北斎の連作版画を下敷きとしている。北斎の三十六景、あるいは百景の「富士山＝富嶽」は、さまざまな「遠近法の遠眼鏡」によって描き分けられている。『富嶽百景』のひとつ、「尾州不二見原」では、つくりかけの大きな桶の輪のなかに、富士山はほんの小さく白い頭を見せているだけだ。痩せた桶職人の頭ほどもない。と思えば、「甲州三島越」では、数人の旅人が両腕を広げても、とてもまわしきれないほど太い幹の大樹と堂々張り合うように、富士は煙をたなびかせている。また、人口に膾炙した「凱風快晴」や「山下白雨」の富士の雄大さはいうまでもないだろう。

北斎の視点はあるときは望遠鏡であり、あるときはストップ・モーションの映画カメラであり、あるときは静物画的である。だが、そこに「遠近法の眼鏡」がつねに掛けられていることはいうまでもない。眼鏡は、「見られる」対象ではなく、「見る」視線こそを意識する。

北斎の富嶽図は、描かれる対象としての富士山ではなく、富士を「見る」眼鏡＝視点を現前化するという意味で、画期的な風景論をはらんでいるというべきなのだ。

太宰治の『富嶽百景』も、富士を見る自意識を執拗に述べようとする。「十国峠から見た富士だけは、高かった。よかった」と書き、「東京の、アパートの窓から見る富士は、くるしい」という。「よかった」と書こうと、「くるしい」と言おうと、本来、富士山にとっては何の関係もない。ただ、そう見ている神経質な文学者の勝手な思い込みがあるだけだといっていいだろう。

そこにあるのは、富士山と何とかを対照させようという「遠近法」的な精神の布置だ。「暗い便所の中に立ちつくし、窓の金網を撫でながら、じめじめ泣」く男と「真白で、左のほうにちょっと傾い」た富士山。雄大さ、偉大さと卑小さ。聖なるものと俗のきわみ。太宰治が『富嶽百景』で描きたかったのは、孤高で無関心な富士山に対して、おどけたり、すかしたりして、何とかこちらのほうを振り向いてもらおうとする、道化としての「私」の自意識だ。

このとき、富士山は、古来日本人がそう思ってきたような、秀麗な姿を持つ富士山の「山の神」である木花咲耶姫《コノハナサクヤヒメ》のような女身としてのイメージを持ったものだろうか。『富嶽百景』を読んだだけでは、それはそうであるとも、ないとも判断がつかない（ただし、作中に「どうも俗だねえ。お富士さん、という感じじゃないか」といった戯《ざ》れ口があり、「お富士さん」

と女性の名前として呼んでいる箇所がある。しかし、それは「私」のものか、「友人」のセリフなのかはさだかではない）。それはまさに「遠近法の眼鏡」や、「焦点の違う眼鏡」によって「見え方」が異なっているからである。

時々刻々、あるいは季節や気象条件によって、富士山の見え方は異なる。御坂峠から見える富士を、太宰治は「好かないばかりか、軽蔑さえした」という。「まんなかに富士があって、その下に河口湖が白く寒々とひろがり、近景の山々がその両袖にひっそり蹲って湖を抱きかかえるようにしている。私は、ひとめ見て、狼狽し、顔を赤らめた。これは、まるで、風呂屋のペンキ画だ。芝居の書割だ。どうにも註文どおりの景色で、私は恥かしくてならなかった」と。

葛飾北斎の「甲州三坂水面」は、いわゆる「逆さ富士」を描いたものだ。秋色の富士が湖の水面に上下逆さまに映し出される。松林に埋もれるように藁葺き屋根の家の集落があり、湖上には一艘の舟が浮かんでいる。まさに風呂屋のペンキ画によくある構図だが、もちろん北斎がペンキ画を模倣したのではなく、全国の風呂屋の壁にこうした富嶽図が複製され、普及することによって、富士山と森と舟と人家という、キッチュな、いわゆる「風呂屋のペンキ画」の風景が成立したのである。

ここでも、太宰治の「遠近法の眼鏡」は少し、度が狂っている。そもそも通俗的で、キッチュなものがいやなのであれば、最初から「御坂峠の富士」という画題（小説の素材）を選ぶべきではなかったのだ。富嶽三十六景あるいは百景が、歌枕であり、芝居の書割であり、風呂屋のペンキ画であることは、日本人ならば誰でも知っていることであり、それをあらためて「俗の俗なるもの」と否定してみせることは、「お富士さん」を不当に誣《し》いることになるだろう。

御坂峠の富士も、作品のなかで必ずしも「救われていない」わけではない。こんな場面がある。

「お客さん！　起きて見よ！」かん高い声で或る朝、茶店の外で、娘さんが絶叫したので、私は、しぶしぶ起きて、廊下へ出て見た。

娘さんは、興奮して頬をまっかにしていた。だまって空を指さした。見ると、雪。はっと思った。富士に雪が降ったのだ。山頂が、まっしろに、光りかがやいていた。御坂の富士も、ばかにできないぞと思った。

「いいね」

とほめてやると、娘さんは得意そうに、

「すばらしいでしょう？」といい言葉使って、「御坂の富士は、これでも、だめ？」としゃがんで言った。私が、かねがね、こんな富士は俗でだめだ、と教えていたので、娘さんは、内心しょげていたのかも知れない。

「やはり、富士は、雪が降らなければ、だめなものだ。」もっともらしい顔をして、私は、そう教えなおした。

私は、どてら着て山を歩きまわって、月見草の種を両の手のひらに一ぱいとって来て、それを茶店の背戸に播いてやって、

「いいかい、これは僕の月見草だからね、来年また来て見るのだからね、ここへお洗濯の水なんか捨てちゃいけないよ。」娘さんは、うなずいた。

このあと、『富嶽百景』でもっとも有名な一句、「富士には、月見草がよく似合う」というフレーズの出てくるエピソードがつづくのだが、この富士が「俗でだめ」な御坂の富士であることは、もう少し強調されてもいいことだろう。臆たけた「お富士さん」と、素朴で、赤いほっぺたの十五の娘さんとが、この富士と月見草という対照の関係に比定されていることは明らかだろう。「三七七八米の富士の山と、立派に相対峙し、みじんもゆるがず、なんと言うのか、金剛力草とでも言いたいくらい、けなげにすっくと立っていたあの月見草は、よかった」。つづけて「富士には、月見草がよく似合う」という一文が、だめ押しのようにくるのである。

2 「遊女」と富士

ここでは、富士と対照されているのは月見草だが、もうひとつ、富士山の風景のなかで「遠近法の眼鏡」によって対照化されて描かれている存在がある。「遊女」である。

自動車からおろされて、色さまざまの遊女たちは、バスケットからぶちまけられた一群の伝書鳩のように、はじめは歩く方向を知らず、ただかたまってうろうろして、沈黙のまま押し合い、へし合いしていたが、やがてそろそろ、その異様の緊張がほどけて、てんでにぶらぶら歩きはじめた。茶店の店頭に並べられて在る絵葉書を、おとなしく選んでいるもの、佇んで富士を眺めているもの、暗く、わびしく、見ちゃ居れない風景であった。

「遊女」という古風な言い方をしているが、山麓の吉田（富士吉田市）の遊郭の娼妓たちの「年に一度くらいの開放の日」の遠足（慰安旅行?）のようなものだろう。太宰治は、こうした女性たちに同情し、共感する自分を感じている。しかし、これらの「遊女」の幸福（あるいは不幸）に対して、何の力もない自分の非力さも十分に感じている。「富士にたのもう。

突然それを思いついた。おい、こいつらを、よろしく頼むぜ、そんな気持で振り仰げば、寒空のなか、のっそり突っ立っている富士山、そのときの富士はまるで、どてら姿に、ふところ手して傲然とかまえている大親分のようにさえ見えた」のだ。

太宰治は、富士山にそう頼むと気が軽くなり、茶店の六歳の男の子といっしょにトンネルのところまで遊びに出る。「トンネルの入口のところで、三十歳くらいの痩せた遊女が、ひとり、何かしらつまらぬ草花を、だまって摘み集めていた。私たちが傍を通っても、ふりむきもせず熱心に草花をつんでいる。この女のひとのことも、ついでに頼みます、また振り仰いで富士にお願いして置いて、私は子供の手をひき、とっとと、トンネルの中にはいって行った」のである。

娼妓や売春婦や、もちろん商売女やホステスといった言葉が、この場合は似つかわしくないことは自明だろう。大親分としての富士山の山懐で、「うろうろし」て、「何かしらつまらぬ草花を、だまって摘み集めてい」る遊女たち。「遊女」という古めかしい言葉でなければ、この富士山との対照物とはならず、彼女たちはその「暗さ」「わびしさ」「おとなしさ」において、ようやく富士と拮抗しているのである。もちろん、そこには葛飾北斎の『富嶽三十六景』の一景「東海道吉田」の不二見茶屋と看板の掲げられた茶屋の小座敷から白い雪をいただいた、雲に霞む富士の小さな山頂を望む花魁《おいらん》のような二人の女性の図柄が、その下絵としてあるのだろう。

なお、ついでにいってしまうと、太宰治の『富嶽百景』は、当然のことといえば当然だが、北斎の『富嶽三十六景』の構図と、そのエピソードをある程度照合させていると思われる。この「吉田」の遊女の話もそうだが、商売人の持っていた白紙が風に飛び尽くす「駿州江尻」の光景は、太宰治が書き散らした原稿用紙を番号順にそろえる茶店の「娘さん」のエピソードと照応しているように。

遠いものは小さい、近いものは大きい。こういう「遠近法」の原理は、太宰治のなかでは、遠いものこそ近く、近いものこそ遠いという、独特な「遠近観」、人間的な距離感に位相転換される。富士山とは、その遠近を測るためのひとつの定点のようなものであって、月見草も「遊女」も、太宰治にとって富士山との「遠さ」ということにおいて、自分と等距離にあるものなのだ。みじめさ、弱さ、暗さ、わびしさ、さびしさ、哀しさ。日本語には「月とスッポン」ということわざがあるが、「富士と月見草」あるいは「富士と遊女」というのも、太宰治にとっては、かけ離れたもの、対照の相手や比較の対象となること自体が、滑稽であるような存在にほかならないのである。しかし、そうした「遠い」もの同士こそ、もっとも「近い」ものでもありうるのだ。

3　火山の変容

こうした「遠近法の眼鏡」という小説の方法論に対して、日本の近代のある一族の歴史をそのまま望遠鏡で眺めて書いたような作品が、津島佑子の『火の山　山猿記』（講談社）という長篇小説だ。

甲府を故郷とする有森家の数代にわたる人々を主人公とするこの小説は、有森伊兵衛とリウの夫婦から生まれた小太郎とその妻サエ、さらにその息子の源一郎とマサの夫婦から生まれた勇太郎や桜子、杏子、笛子、小太郎、駒子、伊助、照子の兄弟姉妹がいる。そのうち、笛子は、杉冬吾という「無名の絵描き」と結婚するのだが、その杉冬吾は「美校生のころに親の仕送りで遊んだ芸者と恋愛して、心中まで試みたことがある。胸を病み、一時は自殺願望にとりつかれていたらしい。あまりに生活が荒廃し、絵も描けなくなって、一時、甲府に居住し、再起を願っている」というような人物だった。

この笛子が、太宰治の『富嶽百景』の「富士山には、もう雪が降ったのでしょうか」と、目の前に見える富士山のことを聞いた「おかしな娘さん」（御坂峠の茶屋の「娘さん」とは、もちろん別人）をモデルにしたものであることは、別段文壇事情や太宰治の私生活にそれほど詳しくない人でもわかるだろう。もちろん、彼女は後の太宰治夫人であり、作家津島佑子の母親である津島美知子（旧姓、石原）である。彼女と太宰治を結びつけたのは、太宰の小説の師匠格にあたる井伏鱒二（彼も、『富嶽百景』のなかに登場する）で、彼の生活ぶりを心配した井伏が、堅実な家庭のしっかりとした配偶者を仲介し、媒酌人になったのである。太宰治（本名・津島修治）と津島美知子との間の次女である津島佑子（本名・里子）は、自分の父親の結婚相手である母親と、その母方の血族、親族たちをモデルとして、この数代にもわたる家系の一族の物語を語り続けたのである。

その方法は、いわば空間的な距離に関する「遠近法の眼鏡」を、歴史的な時間に応用したものといえるかもしれない。そこでは、遠い祖先、祖父母や曾祖父母が、遠い子孫、孫や曾孫と「近い」関係としてつながっている。小太郎とサエを祖父母として、源一郎とマサを父母とする息子が、「小太郎」という、祖父と同名であったり、勇太郎と広子の孫で、半分が西洋人である孫のパトリス・勇平は、その祖父と「勇」という漢字を共有しているのである

勇太郎の手記のなかに、姉の笛子が自分の娘・由紀子の息子である卓也（三歳）と、勇太郎とがそっくりだと主張する場面がある。

——ほんとに似てるんだから、この子とあんたは。これほど似ていて、自分でわからないなんて、妙だわねえ。顔だけじゃなく、性格もそっくり。ちょっと神経質だけど、やんちゃで、愛想もよくて……。

もっとも、笛子は自分の息子、ダウン症で十五歳で死んだ亨についても、「あんたにそっくり。とくに笑顔がウリふたつ」といっていたのだが。ここでは、代を継いで、祖父母と孫とが「近い関係」にあるのと同じように、姪の息子、逆の立場からいえば、母親の叔父さんに似ているといわれる血族関係がある。つまり、そこでは世代や時代的なへだたりは、むしろその「距離感」を近づけるという「遠近法」に支配されているのである。

津島佑子は、もちろん、単なる家族や家系の物語を書こうとしたのではない。むしろ逆である。世代は重複し、親子や夫婦や兄弟姉妹の序列や順番は錯乱する。そこには安定しない、不安な「火の山」としての富士山が、作品世界の背景にいつも存在しているのである。

有森家は、地方の名家とはいえないが、篤実な家庭を作る家系だったといえる。源一郎は、富士山研究に一生を費やすという、民間の研究者で、家系はもっぱら妻のマサが、家作のやりくりで保っているような家であり、この父親の学者肌は、長男で若死した小太郎の末っ子の勇太郎によって継承されたようだ。彼は物理学者となって、家長としての責任を放棄して、アメリカへ移住してしまった。

『火の山　山猿記』という小説の大部分は、老境にさしかかった勇太郎が、祖父母や父母、そして懐かしい兄と、美しい四人の姉たち、照子、駒子、笛子、杏子、桜子といった女家族とその配偶者、そしてその子どもとしての甥や姪たちのことを綴った長い長い「記録」なのである。

勇太郎は、自分のことを甲府の「山猿」と自認していた。祖父の源一郎に似て、立身出世などにはあまり関心を持たず、自分の好きなもの、好きなことに夢中となって、家庭の経済や家計のことには興味も関心も持たない、どこか浮世離れした男たちと、しっかりと家を支え、子どもたちを育ててゆく女たちとは、有森家のなかでも、はっきりと対照的なのである。

笛子の夫、絵描きの杉冬吾は、あまり頼り甲斐のない、弱い性格の男であって、血のつながりはないものの、源一郎や勇太郎などの有森家の男たちとどこか一脈通じるところのある男だったといえるだろう。世間的にいえば、ウダツのあがらない、自分ひとりだけの世界で終始する人物たちなのだ。

笛子が、石原美知子をモデルとしたということであれば、杉冬吾は当然、太宰治ということになる。もちろん、フィクションとしてのデフォルメや、誇張やつくりものの部分はあるだろうが、まったく実物から離れているということもないだろう。津島佑子には、実際の父親の思い出や記憶といったものはまったくといっていいほどないはずだから（津島佑子が二歳の時に父親は死亡）、ここに描かれている「杉冬吾」の姿は、妻の「笛子」から折に触れ聞かされた亡夫（父）の姿であり、「有森家」に伝わる、一種の伝説、噂、物語の類にほかならないだろう。いずれにしても、亡父を傍役として、「家族」の物語を作家となった娘（津島佑子のこと）が書いたのは、一族の男たちの物語より、家の歴史を支えてきた女たちの肖像を描こうとしたからではないか。日本の歴史のなかで、男たちは前面の近景となり、女たちは後面の遠景となる。こうした「歴史の遠近法」をずらし、日本の近代文学史のなかで、特権的な立場にある太宰治、すなわち「杉冬吾」にだけ焦点のあたる自分の血統、血族の歴史を逆転的に描き出そうという意図があったと思われるのである。

『火の山　山猿記』という作品では、富士山は頭に白い雪をいただく静かな休火山ではない。それは文字通り火の山、火山なのであって、近い過去にそうであったように、近い将来にも、いつか火や煙を噴き上げ、大山鳴動することの可能性を決して否定し切ることはできないのである。

富士山を一生の研究対象としていた源一郎は、こんな文章（記録）を残している。

富士山は勿論活火山に屬するが、寶永の爆發と共に殆んど鳴を靜めたるの觀がある。然るに爆發性の噴火は往々活動の終末期に演ぜらるゝ現象で、寶永四年には其の第一發を放つたものに過ぎないと思ふ。而して今や將來の大爆發に備へる爲めに、徐ろに潛勢力を蓄積最中であるとも考へられる。而して決して油斷の出來ぬ狀態に在ることは、地質學者は異口同音に之を稱へて居る。

火の山、活火山の何よりの特徴は、溶岩を噴き上げ、火砕流を発生させ、爆発し、噴火することによって、山自身がそれ自体の姿を変えてしまうことだ。新しい噴火口ができ、溶岩の流れた道は冷え固まって山襞《やまひだ》となり、小さないくつもの洞窟を作り、大規模な雪崩や砂(岩)崩れが、それまでの山の形と景観を一変させる。宝永の小噴火孔と、大沢崩れの跡が、三角錐の秀麗な富士山の姿を、醜く変えてしまった。大きなアバタのように削ぎ取られた山肌は、取り返しようのない醜悪な傷痕となっている。宝永の噴火などは、活火山としての富士の歴史から見れば、つい最近のことであり、それは次に来る大規模な噴火の前触れ、露払いのようなものにしか過ぎない。有森源一郎は、そういって、後々の子孫たちのために警鐘を鳴らすため、こうした記録を残したと考えられるのである。

富士山の地質学的な歴史は、そうした山の活動と変容そのものを物語っている。「動かざること山の如し」というのは、こうした山岳地帯ということをまったく考えに入れない、里人の発想からくるものであって、山こそ移ろいやすく、変貌するものにほかならないのである。

流動化する歴史と、「歴史の遠近法」を逆向きにする方法論、津島佑子が、『火の山　山猿記』で試みようとしたのは、父親の太宰治が『富嶽百景』で、「遠近法の眼鏡」という、ものの見方の枠組みをずらそうとしたことの、いわば日本の近代史への応用篇だった。そこでは、自分につながる家族や家系の絶対性に対する相対化がある。日本の歴史、あるいは日本人、日本語の歴史(それはしばしば守るべき「伝統」と言い換えられる)の「遠近法」を少しずらすことによって、「日本」という狭隘な国民＝民族の文化価値をときほぐすことが可能となるのである。

津島佑子は、自分の文学作品が、太宰治の影響を受けているとか、似ているといった批評を嫌った。比較されることも拒否した。太宰治は太宰治であって、津島佑子は津島佑子である。血族には、父方だけではなく、母方の膨大な血縁者、親族、先祖がいる。そうしたあたりまえのことを、ことさら強調しなければならなかったのは、津島佑子は「太宰治の娘」であるという世間の色眼鏡が、なかなかはずされることはなかったからだ。長篇小説『火の山山猿記』は、そうした視線に対する、大胆な挑戦でもあったのである。

4　富士という遠景

葛飾北斎の『富嶽三十六景』は、富士山という「日本的価値」の見方を変えた。「江戸日本橋」では、富士、江戸城という遠景の手前に、土蔵と荷船の前景を描くことによって、武家の江戸から商家の江戸への移行を形象化した。その前面の前景に描かれるのは、瓦葺き職人や樽造り職人、水車で粉をひく男や洗い桶を持った女たちであり、さまざまな小物を商う商人たち、行商人、荷駄の口取り、船頭、水主、木挽き職人、漁師、駕籠掻き、浪人、虚無僧、棒手振《ぼてふり》商人、花魁、禿《かむろ》、川渡し人足といった多様で多彩な庶民群像であった（それと

「風」という目に見えないものを描くという意味において、北斎は日本の「風景」を発見した）。

そうした前景の人々、庶民や細民を画面の前景として描くことによって、富士山という、神秘的な、神々しいまでの霊峰を「近代的」な絵画の描くべき対象とすることに成功したのである。

そういう意味では、日本画であれ、洋画であれ、北斎以後に富士山を描こうとした画家たちは、最初からハンディキャップを負って、対象としての富士に向かわざるをえなかったといっていい。前田青邨、小倉遊亀、片岡球子、東山魁夷、小松均など多くの（というよりほとんどの）日本の画家たちは富嶽図を試みているのだが、彼らはあらためて「富士山」という被写体と遠近法なしで見つめ合わなければならなかった。彼らは、月見草や遊女たち、あるいは道行く旅人や、働く庶民たちをその前景や後景に置き、そこに「遠近法の眼鏡」をあてることはできなかった。北斎によって日本の「風景」が発見されてしまった以上、彼らは風景画ではない、「絵画」そのものとして富士山を描くという難行をしいられるようになったからである。

その点、絵画表現と違って、言葉による文学表現はもう少し緩やかだった。日本の近現代文学における「富士」の形象も、こうした葛飾北斎のつくりだした「遠近法の眼鏡」による視点という発明に拠っている。少なくとも、日本の近代文学において、「富士山」を描いた小説としてもっとも代表的な作品である太宰治の『富嶽百景』が、北斎の風景版画の「遠近法」を小説の世界に応用、適用しようとした例であることは、これまでの論述で、いくらかは明らかになったことと思われる。

また、現代文学における「富士」を描いた、やはり代表的な作品と目される武田泰淳の長篇小説『富士』も、「富士山」という遠景に対しての、人間のドラマ（精神的・政治的・思想的なドラマ）という前景（近景）を中心とした作品世界の構造を持っていることは、ことさらにいうまでもないだろう。富士山麓の精神病院を舞台として物語られる、この「神」と「人」、「魂」と「肉体」の観念的なドラマは、その後背の富士山という、観念的な存在に支えられなければ、その緊張感やスケールの大きさを維持することができなかったのである。トーマス・マンの『魔の山』に匹敵する観念の山岳地帯を歩もうとする武田泰淳の壮大な全体小説の試みは、そうした人間の観念のドラマの遠景の舞台として「富士山」を必要としたのである。

最後に、富士山をうたった「現代詩」としてもっとも有名な草野心平の「富士山」の詩を掲げよう。草野心平は全篇、富士山を詩題とした詩集『富士山』を編んでいるが、その「作品第肆」である。

川面《づら》に春の光りはまぶしく溢れ。そよ風が吹けば光りたちの鬼ごっこ葦の葉のささやき。

行行子《よしきり》は鳴く。行行子の舌にも春のひかり。
土堤《どてい》の下のうまごやしの原に。
自分の顔は両掌のなかに。
ふりそそぐ春の光りに却って物憂く。
眺めていた。

少女たちはうまごやしの花を摘んでは巧みな手さばきで花環をつくる。それをなわにして縄跳びをする。花環が円を描くとそのなかに富士がはいる。その度に富士は近づき。とおくに坐る。

耳には行行子。
頬にはひかり。

川原で遊ぶ少女たちのつくった「うまごやし」の花環の縄の円のなかに収まる富士山。遠景と近景のこの巧みなバランスのとれた構図が、北斎の『富嶽三十六景』の反響であることは、もはやいうまでもないだろう。

だが、富士山と花環で縄跳びをする少女たちとは、本当によく似合うだろうか。物憂い「私」の春の日の憂愁。太宰治が見出した月見草や「遊女」たちとは違った、日本の伝統的な「田園の憂鬱」がそこに存在するのだが（それは大伴家持の春の野における憂愁と似ている）、「月並み」なものや、キッチュなものに含羞を覚える太宰治よりも、草野心平の抒情は、「近代」の憂愁に染まっていないぶんだけ、健康に、そしていくらかナショナリスティックにみえることはいなめないのである。

VIII　光・音・夢

『光の領分』

1　光

幼い娘を女手一つで育てている若い母親が、四階建てのビルの最上階に住んでいる。一階にはカメラ屋があり、二階と三階には純金の紋章を作る会社と会計事務所と編み物教室が入っている。そして最上階の四階の「四方に窓のある部屋」が、娘と〈私〉二人という母子家庭の住居なのである。〈私〉はこの部屋を不動産屋にいくつもの部屋を見せられたあげくに、ようやく見つけることができたのだ。「下から見上げると、そそり立つような階段に、まず溜息が出たが、ドアを開け、なかに一歩踏みこんだ途端に、私は、ここ以外に私の部屋はない、と心のなかで叫んでいた」。それは「床の赤い色が西陽に燃え上がってい」て、「閉め放しの空っぽの部屋に、光がひしめいていた」からである。

短篇連作集『光の領分』の中には、光が満ち溢れている。「光の領分」「赤い光」「焰」「光素」といった各篇の題名を見るだけでも、これらの小説が「光」に対して並々ならぬこだわりを持っていることを示しているだろう。〃もっと光を〃と死の床でいったのはゲーテだが、そのゲーテも「光の領分」の中には出てくる。「思案なんかいっさいやめにして、まっしぐらに世間へ飛び出しましょう」という詩句の作者として。

あれこれ思索することを止めて、まっしぐらに世間へ出てゆくこと。〈私〉が光溢れるビルの四階の部屋に住居を構えたことは、離婚調停中の〃夫〃から逃れようとすることが理由の一つなのだが、「世間」へ飛び出そうとすることが、もう一つの理由となっているのではないだろうか。夫と妻との、親と子との閉ざされた「家」からの脱出。それが「国電の駅前の商店街」にあり、「バス通りに面した大きな窓」から「西陽と騒音が容赦なく」注ぎこまれるという、住環境としては決して良好とはいえないビルの最上階の部屋を棲み家として選択させた理由なのではないだろうか。

西陽と騒音と震動とは、三歳の子供を持つ母子家庭が積極的に住みたいと思うような住環境ではありえない。そこが「ここ以外に私の部屋はない」と思えたのは、むしろそこに光と音と揺れがあったからといわざるをえないだろう。いわば街とともに共振し、その騒音のただ中にいて、街の動きやざわめきといっしょに息づいている部屋。〈私〉の求めていたのはそういう部屋なのであって、幼い娘と二人でひっそりと静かに巣篭もりして暮らすような部屋ではないのである。社会や世間と壁一枚、ドア一枚を隔てて隣り合った住居。光も音も揺れも「波」であるとしたら、そうした世間という波と隔絶するのではなく、その波の間に揺れ、漂い、呑み込まれることの快楽。つまり、〈私〉は決して人間の社会から逃れ、世間から保護膜によって隔てられたところで自分の小さな「家」を守っていこうとしているのではなく、まさに「思案なんかいっさいやめにして、まっしぐらに世間へ飛び出しましょう」と思っているような人物なのだ。

　人から逃れようとすることと、人を愛することとは、ほとんど一枚のコインの裏と表の関係なのだ。光と影とが表裏一体の関係にあるように、愛憎は互いに反転しうるウロボロスの頭と尾である。だから、〈私〉は〝夫〟が娘との二人暮しのビルの部屋に来ることを、恐れつつ期待し、期待しつつ恐れている。まるで平安期の女性のように、自分のほうからは積極的になることはなく、「河内」や「杉山」といった男たちを自分の部屋で待ちわびている。まるで、異性のことを知り始めたばかりの少女のように。もちろん、〈私〉が本当に待っているのは、「河内」でも「杉山」でもなければ〝夫〟の「藤野」でもない。それは街の中のざわめきのなかにある何ものか、「世間」の中へ飛び出してゆき、そこで見つけることのできる何か、ということができるだろう。「光」とは、それを指し示す象徴的な記号にほかならない。長篇小説『火の河のほとりで』には、西陽に強迫観念を持っている主人公が出てくるが、西陽のいっぱいに当たる部屋というものに『光の領分』の〈私〉は、「家」ではありえない家、親と子が、妻と夫とがいっしょに棲むという「家」とは別な形態の棲み家を見出していたといえるのである。

もはや自分に眼差しを向けようとしない夫、自分に触れようとも、抱きすくめようともしない娘の父親。この夫、娘の父親から完全に離れるために、「光」とともに暮らす一年間のビルの最上階での生活が必要だったのだ。それは若い母親と幼い娘とが、風に吹きっさらしの「世間」という現実に剝き出しにさらされるという経験なのだ。光はそうした母子の同棲者であり、同伴者なのであって、それはこの親子にとって保護膜のように包んでくれるものなのである。夫との離婚が成立し、もはや不在の夫や父親を期待することも、恐れることもなくなった時、〈私〉親子は陽当たりの悪いアパートの二階の部屋に引っ越しを決心する。「光」との同居は、その時点でいったんは解消されるべきものだからである。唐突な引っ越しは、しかし、光との同棲を必要としなくなった主人公の〈私〉にとって、まさに必然的なものとして私たちにも納得できるのである。

2　音

津島佑子の小説には「音」、しかも、とりわけ「水の音」に関するオブセッションがあるように思われる。音も水も「波」であり、光にもまた波動説がある（光粒子説もあるのだが）。光、音、水。これらは〈私〉たちの生活の中に忍びこみ、浸透する。「水辺」では、小説の始まりは夢の中で聞いていた壁の向こう側で続いていた水の音である。それは〈私〉の部屋の壁の向こうを伝わって、下の階の壁を濡らし、水たまりを作るのである。夢うつつのうちに聞いている水の音。それは決して〈私〉にとって敵対的なものではなく、雨は窓の向こうの街灯やネオンの街を濡らしている、軽やかでリズミカルな、どちらかというと楽しげな雨音として〈私〉に届いていたのである。

しかし、現実の問題として、ビルのどこか知れない水漏れという現象は厄介なものだ。階下の住人やビル管理を任されている不動産屋といっしょに、水漏れ、水音の正体を突き止めようとした〈私〉は、給水塔から溢れ出た水によって、海のように水の広がったビルの屋上を発見するのである。ビルの屋上の海。それは日常の生活のレベルでいえば、厄介な事件、事故にほかならないのだが、屋上の海から滴る水の音は、まさに乾いた都会の騒音と震動のなかでの生活に、潤いを与えてくれるものとなる。音は、水の音や風の音は、不意に父親を見失った幼い娘と、夫を拒絶した妻（母）との二人暮らしを慰めてくれるものであり、その孤独で不安な生活を慰撫してくれるのである。

だが、音はまた災いでもありうる。「砂丘」という作品では、初めは色紙で始まった娘の、窓からものを投げ捨てる癖は、ままごとの道具、着せ替え人形、積み木とエスカレートしてゆき、とうとう隣りの家の老人が怒鳴り込んでくるまでに発展してしまった。老人二人が住んでいる隣家では、「得体の知れない音が、雷のように、しょっちゅう、寝床に落ちてくる」ことに我慢の限度がきてしまったのである。頬を震わせ、上ずった声で、〈私〉を責める老人に向かって〈私〉はヒステリックに口答えをしてしまう。老人夫婦が、「子どものせいにして、自分が落としているんですよ」とか「まともな女なら、あんな部屋を一人で借りられるはずはないんだ」などと、罵り始めたからだ。

母親一人と娘一人で暮らしている〈私〉たちと、老夫婦二人きりで暮らしている隣家とは、社会の片隅でひっそりと隠れるように住んでいる無名の弱者同士であり、〈私〉は引っ越した日に親切に声をかけてくれた隣家の老人に対して「あの人に対しては、自分は悪い印象を与えていることはないだろう」と「甘えるような気持を持ち続けていた」のである。そうした〈私〉の甘えは、「まともな女なら……」という老人の言葉で手酷くはねつけられてしまったのだ。弱者同士、お互いかばいあい、助けあっていかねばならない社会の下積みの家庭同士だからこそ、〈私〉は老夫婦に裏切られたような思いを持ってしまったのである。

もちろん、それは〈私〉のひとりよがりな隣人への共感にしか過ぎなかった。老夫婦の営んでいる菓子店から埃が白く積もった菓子を時々買うことで、〈私〉はその街での老夫婦との無言の共生をどこかで信じていたのだ。むろん、老夫婦にとっては、〈私〉と娘とは、いかがわしく、得体の知れない女一人子ども一人の〝欠損家庭〟にほかならなかったのである。

世間の物音からひっそりと身を隠すように暮らしている人々同士が、「音」に関して加害者と被害者とになる。決定的に弱者であるはずの〈私〉と娘との女家族が、知らぬ間にもっと弱い老夫婦を脅かし、夜も眠れないほどに恐怖を抱かせてしまったのである。

「おへやがあおくなっちゃった。おそとがみえないよ」と娘はいう。ビルの四階の部屋は、にぎやかな街の中空に浮かんだ吹き抜けのような奇妙な空間なのだ。その空間が水色の網によって閉ざされてしまう。音を閉ざし、揺れを閉ざし、光を閉ざしてしまうことによって、〈私〉と娘の居住空間はそれで守られることになるだろうか。窓から地上へ落ちていったのは、色紙やおもちゃではなく、〝街の音〟と共生しようとする「世間」へ飛び出す一つの意志なのではなかったか。

3　夢

「光の領分」という題名でありながら、作品各篇の中には夜や闇の暗さの印象が濃いように思える。「声」には、線香花火の小さな火花の爆発が描かれているのだが、もちろんその小さな火花のまわりには圧倒的な闇がひしめいていることはいうまでもない。闇の中だからこそ光る光。「光の領分」とは、闇の領分に必死に抗《あらが》っている小さな火花のような明るさにほかならないのかもしれない。『光の領分』の連作の中には、夜の夢の場面が描かれることが、比較的多い。それは「鳥の夢」の冒頭の性夢に近いものであったり、「声」のように、アパートの十階から落ちる男の子の声を聞いたりする白日夢的な幻聴であったりする。昼となく夜となく、〈私〉は夢にとらわれている。現実の世界に生きているというよりは、もっと多く夢の世界で生きているかのように。

「呪文」でも冒頭の場面は、夢の中の世界だ。「緑色の台の上に、娘が横たわり、私は泣いている」という夢の中の一シーンである。お前は母親なのに迎えの時間に間に合わなかったため、〃こんなこと〃になってしまったと〈私〉を責めて泣きじゃくっている娘の父親。これは明らかに〈私〉が「娘の死」を夢に見ているということだろう。母親は密かに子どもの死の夢を見、子どもはやはり心の奥底で母親や父親の死を夢見ている。もちろん、それは夢から覚めた世界では、決して肯定されることのない〃夢〃の中の出来事だ。母親が一瞬たりとも子どもの死を夢見るはずがない……。だが、夜と闇に包まれた世界では、その暗がりにどんなものが潜んでいるのかわからない。〈私〉のなかにある欲望や願望は、夢の回路を潜り抜けなければ形象化されることはありえないのである。

夢の中では、死者とも生者と同じように出会うことができる。「地表」の夢では、〈私〉は部屋の中に忍び込み、背中を向けて坐っている男に近づき、その背中にしがみつき、男の体が〈私〉の重みで傾き、畳に横倒しになる感触を感じる。それはこの世で自分が会うことは不可能な存在、〈私〉が生まれるとほぼ同時に死んでしまった父親の背中なのだ。「生き返った死者と顔を合わせることは、生者にとって、許される行為ではなかった」と〈私〉は考える。それは子どもだった〈私〉にとってもっとも怖い夢だった。しかし、そうした恐怖に縛りつけられながら、そこには「それを味わったことに罪悪感を覚えずにいられないほどの快感」があったことも確かなのである。

死者を生者のように夢見ることも、生者を死者の如くに夢見ることも本来は許されないのである。だが、夢の世界はそうした目覚めている世界の倫理や良識では判断できるような世界ではない。生者と死者が出会い、そこで光と影とが交錯するように「生」と「死」とが交じりあう。そこではまた恐怖と快感とが混じりあうのである。現実は夢に浸透され、夢は現実によって脱色される。しかし、小説という虚構空間の中では、現実と夢とは明瞭な輪郭線を持ちながら、しかもその境界は曖昧なままなのだ。ここから現実であり、ここからが夢であるということはない。それは「生」が「死」を孕み、「死」が「生」とまったく離れたものではないということとパラレルなのである。

〈私〉は生まれてすぐ父をなくした娘であり、そして自分の娘から父親という存在を盗り上げようとしている。父（親）に対しての娘、娘に対しての母（親）という関係は、時間の隔たりさえ無視すれば、まったく相似形なのである。それは生前と死後とが、「生」という中間項を境目として折り重ねられてしまうことと似ているのだ。〈私〉が見る父親と娘の夢という二つの世界は、光と影、夢と現実、生と死といった二つのものが、それぞれ相互に浸透し、混じり合い、滲みあってゆく世界だといえるだろう。

〈私〉と娘が二人きりで籠ろうとする部屋は、娘にとって一種の母親の胎内のような空間だとすれば、〈私〉にとってもそれはあたかも子宮の中に潜んでいるような体験の場所なのだ。もちろん、それは「世界」へ「世間」へと開かれている。自閉的な空間が、そのまま社会へと開かれた不安で雑然とした多孔質の空間となる。母と子の棲む四階建てのビルの最上階の部屋は、そうした私空間と、「世間」とがちょうど鬩《せめ》ぎあう前線のような場所であって、〈私〉はあえてそこを居住空間として一年間住むという、いわば生存実験を行ったのである。「光の領分」とは、光輝く世界の謂いではない。むしろ闇の領分にごくわずかでも食い込み、それを切り取った明るさの領分こそが、ここで小説となっている世界なのだ。夜の闇のなかに浮かんでいる小さな光の部屋。それが私たちの目に残る、印象鮮やかな〝光の領分〟にほかならないのである。

IX 「物語」の光

『夜の光に追われて』

1 「物語」は人を救えるだろうか？

『夜の光に追われて』を読んだあとで、私の胸に残ったのは、そんな問いだった。私がまだ文学少年だった頃、その頃世界の最高の知性だと思っていたジャン＝ポール・サルトルが、「飢えた子の前で文学は可能か」という問いを投げかけたことがあった。私はそれを自分のような者たちにとって、脅迫めいた言いがかりだと思った。

飢えた子の前で、文学は可能か、だと！　そんな質問は、文学者という名前で経済行為や政治闘争をやっているような奴らに聞いてくれ。文学が好きで、「物語」のなかに浸ることが生きがいとなっているような人間に、そんな脅しをかけて、いったい何になるのだろうか。私はそうした問いに苛立ち、腹を立てた。飢えた子どもと文学、世界のあらゆる悲惨さと物語。最初から釣り合うはずのないものを、両端に釣り下げた竿秤《さおばかり》。そうした秤そのものが、途中から二つに折れてしまうことは、誰の目にも明らかなことではないだろうか。

> 世の中に物語といふもののあんなるを、いかで見ばやと思ひつゝ、つれづれなる昼ま、宵ゐなどに、姉・継母などやうの人〴〵の、その物語、光源氏のあるやうなど、所〴〵語るを聞くに、いとゞゆかしさまされど、我が思ふまゝに、空にいかでかおぼえ語らむ。いみじく心もとなきまゝに、等身に薬師仏を造りて、手洗などして人まにみそかに入りつゝ、「京にとくあげ給ひて、物語の多く候ふなる、ある限見せ給へ。」と身を捨てて、額をつき祈り申す

『夜の寝覚』を書いたといわれる菅原孝標の女が、自分の少女時代を回想して書いた『更級日記』の一節である。津島佑子は、『夜の光に追われて』のなかで、こうした本を読む少女の原形ともいえる少女時代を持った「あなた」宛ての手紙というスタイルによって、彼女自身の「物語」を語り始めている。千年も前の昔に生きていた人への手紙。それは、物語というにはあまりにも生々しい、作者自身が体験した喪失の出来事を、自らに語りかけるように書きつける手紙なのだ。もちろん、そこには本当の意味での宛先人はいない。ただ、もは

や「物語」そのものと化してしまった人物に向けて語りかけてみることによって、小さくて弱々しく、世間を知ることのなかった少女時代から憧れ続けてきた「物語」への信頼を密かに試してみたということなのである。「あなた」が書いたという『夜の寝覚』という古典物語を、自分流に組み立て直し、語り直してみたものを「夢」「雨」「息吹」の三章の作り物語（以下「寝覚の物語」とする）として、それに「あなた」への手紙を差し込むという二重構造の小説。『夜の光に追われて』は、そういう二つの物語空間が並行して存在する小説である。「手紙」の筆者は、突然の病いで子どもに死なれるという体験を持った、いわゆる未婚の母である。そして、それは作者の現実的な体験と重ね合わせられており、その意味でまさに「私小説」そのものであるといってよい。

事故は、〈私〉と九歳になった男の子の住む家庭で起こった。お風呂に入っていた子どもの様子を見に行った〈私〉は、仰向けにお湯に浮かんでいる息子を見つける。呼吸の発作を起こして、突然に「黒い装束の死神」が風呂場の彼に忍び寄ったのだ。〈私〉は、病院へ行き、霊安室で一夜を過ごしても、子どもの死というものが信じられない。なぜ自分の子どもが死ななければならなかったのか。〈私〉には納得がゆかない。「死」は理不尽で、容赦がない。そうした子どもの「死」に対する悲嘆と憤りのなかで、〈私〉は「生死はひとつのものだ」という、古来から人間たちが抱き続けてきた考え方に、改めてたどりついたのである。

かけがえのないものを失った人間の悲哀と絶望。それはよく比喩として「子を失った母のように」と語られるものだ。だが、現実的に子を失った母親として、〈私〉はそれを比喩としてではなく、文字通りの体験として受けとめねばならなくなったのだ。人々の慰めも、悔やみの言葉も、悲しみに浸る母親の心の底まで届くには至らない。

小説を書き、言葉を使って文章を綴り、物語を組み立てることを生業としてきた人間が、言葉の無力さ、圧倒的な現実の喪失や悲哀に、身も心も囚われてしまう。こうした「限界状況」から人は立ち直ることができるだろうか。言葉や物語といったものが、そうした絶対的とも思われる状況のなかで、言葉を放棄し、物語に背を向けようとする人間を本当に呼び返すことができるだろうか。つまり、子どもを失った母親の前で、いったい文学は、物語は、可能なのだろうか？

2 人はなぜ「物語」を求めるのだろうか？

『夜の光に追われて』のなかに書かれた「夢」「雨」「息吹」の三章、すなわち「寝覚の物語」は、平安期の貴族社会を背景とした美貌の姉妹・冴子と珠子をめぐる愛と葛藤の物語である。珠子のもとに忍び寄って、彼女を妊娠させたのは、姉・冴子の夫となった宗雅だった。

珠子を思いやる乳母のことねと兄の通忠は、珠子が何よりもそのことを姉に知られることを恐れているのを思いやり、産み落とした照姫を秘密裡に里子に出して、宗雅との関わりを絶たせようとする。しかし、宗雅の思いは強く、父や長兄のはからいで、年の離れた信輔のところへ後妻として嫁する直前まで、逢瀬は重ねられ、珠子は、信輔の子として宗雅の子を産むのである。

これは徹頭徹尾、女が男たちの影の存在であり、家という囲いにとりまかれた奥の存在であった時代の物語である。女たちは、今の時代から見れば、歯痒いほどの消極性と受動的な生しか持っていない。珠子と宗雅の出会いと、その後の関わりについても、男の側の色好みがその発端であり、物語としての展開の契機となるのも、男たちの決める物忌み、子どもの遣取り（里子）、婚姻といった世間の約束事であって、女の感情や意志は、まったくといっていいほど、そこでは顧慮されないのである。

冴子と珠子という姉妹の、宗雅という一人の男をめぐる葛藤も、二人の女の積極的な愛着の結果ではない。珠子にとって宗雅は、突然自分の身の上を「幻のようによぎった男の影」にほかならず、女の運命を決定するのは、常に男の側の論理であったり、恣意であったり、そして利害がその背後に隠されたものにほかならないのだ。

しかし、だからといって、女たちが自らの「生」を放棄しているわけではない。女が消極的であり、受動的であることが少しも疑われなかった時代においても、女たちは男を受け入れ、子を産み、かけがえのないものを失って涙を流し、そうした自らの「生」に耐えながら生きていたのである。そのことにおいて、千年を隔てた「あなた」と〈私〉の間には、ほとんど隔たりのない、「生」の時間が流れているといってもいいのである。

「あなた」が語ろうとした物語、すなわち「寝覚の物語」と、〈私〉が「あなた」に向かって語りかけている「手紙」に書かれた〈私〉の身の上の物語とは、本来ほとんど無縁なものである。子どもを失った母親の話と、姉妹の間での一人の男をめぐる「寝覚の物語」とは、その主題においても、主人公の境遇ということにおいても、少しも重なるところのない、別個のストーリーであるといってもいい。つまり、その意味でいえば、『夜の光に追われて』という小説は、作品として二つに分裂している。

だが、「寝覚の物語」と、〈私〉の物語という、一見つながりの薄い二つのパートに分割されているからといって、この小説が失敗作であるということにはならない。むしろ、千年を隔てた二人の女の物語る「物語」が、その形式や内容においてほとんど共通したところがないはずなのに、一つの小説作品としてまとめられていることに、この小説の不思議な魅力があるのだ。

〈私〉の、子どもを失った嘆きと憤りの感情を露わにした「手紙」を読み続けてきた読者は、一転して、平安朝の嫋嫋《じょうじょう》とした「寝覚の物語」の世界に引き込まれる。それは、まさに男女の遊戯的な恋愛が寿がれるような王朝絵巻の世界にほかならない。しかし、「あなた」という『夜の寝覚』の実在の古典物語の作者の背後に潜んで、「寝覚の物語」を語る作者の目は、むしろそうした華やかで、たおやかな貴族社会の人情やもののあはれの世界の出来事よりも、その背後に広がる「死」や「生霊」のひしめく影の世界を見つめているように思われる。

たとえば、石山寺での珠子の初産の場面が小説のなかでは描かれているのだが、そこでは人間の誕生が、いかに「死」と隣り合わせにあるものであるかということを、珠子の出産についての不安と恐怖という形で、物語の語り手は語ってみせるのである。中古において、出産が現在よりも、もっと母体や胎児にとって生命に関わる危険性を孕んでいたものであったことは、「寝覚の物語」のなかでも、珠子の姉・冴子が出産時の出血によって死んでしまったというエピソードによっても知ることができるだろう。珠子も、ほとんど何もわからないままに、宗雅の子を宿し、瀕死の状態にまで近づくのである。

もちろん、これは単純に女のほうが「死」や「病」といった、光の影となった部分に近いということを、差別的に語ろうとしたものではない。それは光そのものが必然的に影を孕むように、人間の誕生はそのまま「死」へ向かっての道程なのであり、まさに「生」はそのままで「死」を孕んでいることを示そうとしたものにほかならないのだ。

だが、「寝覚の物語」が、そうした生死一如といった仏教的な悟りの境地を描こうとしたものでないことは明らかだろう。冴子、珠子、ことねといった女たちの物語は、別段そうした哲理的で、諦観的な言葉で表現しなくても、そのままで光と影、夢と寝覚、生と死という二つの世界に引き裂かれた人間の存在の在り方を示しているのであり、それはことさらに物語の主題として語られるものではないのだ。

物語は、まるで小さな枝を伸ばし、そこに花をつけ、葉をつける植物のように生長する。珠子と宗雅と冴子という三角関係の物語は、いつしか珠子から生まれた照姫とまさこの二人の子ども、信輔の先妻が遺した三人の娘という、次の世代の物語へと進展する。それは不可逆な時間の流れであるのと同時に、また珠子や宗雅の物語の繰り返しともいえるものだ。一人の人間にとって生と死は、同時的にその光と影の両面として存在し、世代的には交互に反復として現れる。「寝覚の物語」の枠のなかにいて、かつ、その枠の一歩外にいてそれを見ているのは、珠子の乳母のことねである。だから、彼女は珠子と宗雅の物語が終わってしまった後においても、その「物語」がもっと広い時間や空間の世界にあって、繰り返され、反復されるものであるということを、読者に向かって語り続けるのである。そのことねの語りに付き合うのは、信輔の先妻の娘のうちの一人、仮にしのぶと名付けられた女である。そこにもう一人の女が現れて、二人の会話のなかに入り込んでくる。


しのぶはこの時、自分たちの傍にもう一人の女性がいつの間にか現われているのに気づき、しげしげとその顔を見つめます。

——すみません。私も仲間に入れて頂きたくなって、来てしまいました。

ことねもこの声に、涙で汚れた顔を上げます。

――私がここに現われてはおかしなことになってしまうのかもしれません。私は、この話を書き続けてきた者なのですから。でも、直接、私はあなたたちにお会いしてみたくなってしまったのです。……きのう、私は亡くなった子どもの一周忌を迎えました。

ここで突然、「寝覚の物語」と〈私〉の物語が接合されることに、驚かない読み手はいないだろう。あっけにとられ、こうした大胆不敵な〝実験的手法〟に疑問を感じる者もいないとはいえないだろう。物語の世界のなかに入り込む作者。これは明らかに物語のルール違反であり、物語の文法を犯したものにほかならない。しかし、むろん物語のルール、文法を破ることも、不規則性の規則、変格の活用として、物語において本質的には認めざるをえないものだ。

いや、そんな論理的な問題でなくても、ここに〈私〉が登場してくることの必然は、この『夜の光に追われて』をここまで読み進めてきた読者には、腑に落ちるものであるはずだ。千年も前に物語られた女や男たちの悲哀や愛情や嫉妬、執念を物語る「あなた」と〈私〉とは、不可逆と思われている時間の流れを超えて、ほとんど同じ場所で出会っているのであり、「あなた」の姿が物語の陰に隠れて見えない以上は、「あなた」の作り出したことねやしのぶという登場人物たちと、〈私〉とが会話することは、見かけほど奇異なことではないのである。

3 人は「物語」のなかに何を求めようとするのだろうか?

『夜の寝覚』、あるいはそれを語り直した「寝覚の物語」は、単純にいってしまえば、無名のままに生きて、死んでしまった女(男)たちの生と死にまつわる嘆きを書き綴ったものであり、おそらくそれ以上のものでもなければ、それ以下のものでもない。『源氏物語』に深い仏教的な死生観やもののあわれの思想があるとすれば、『夜の寝覚』には、そうした物語の外側の枠を借りてきたということはあっても、そこに深い思惟や思索を見出すことはできない。ただ、そこには環境や状況は変わっても、親しい者の死を嘆き、苦しい生に吐息をつく物語のなかの人々がいて、その人々の上に絶え間なく時間が流れてゆくことが描かれているだけである。

だが、しかし、そのような人々の平凡な嘆きや怒り、悲しみや諦めが語られているからこそ、私たちは物語のなかで、時間を超え、時代を通り越して響いてくる主人公たちの声を聞くことができるのだ。そして、そのことはいくら時代が変わっても、同じように生や死、老いや病いに悩まされ、嘆かせられている人々に、慰めと鼓舞とを与えてくれるのである。なぜなら、「物語」は、〈私〉という枠のなかからしばらくの間でも、〈私〉を自由に解き放させ、その悲哀や苦悩をまるで「物語」のように透明で、客観的なものとして見直させる契機となるのだから。

もちろん、「物語」による慰撫を幻想であり、まやかしであると見る考え方もありうるだろう。物語のなかへ逃避し、現実世界の直接性を放棄して、空想と希望と諦観の入り混じった世界へ移り住むことを批判する立場は、おそらくいつの時代にもあったし、パターン化し、冗漫となり、人々の「生」と「死」の苦しみを盛り込む器の役割を果たし切れなくなった「物語」を、いったん破壊するという意義を持ちえていることは確かである。

だが、「寝覚の物語」と〈私〉の物語が、作品空間で接合するように、どんなリアルな現実的な事柄や出来事であっても、それは言葉を通じ、体験、経験として表現や記憶の過程を経ることによって、「物語」と化することは避けられないのだ。ましてや、死者の記憶は、すでにそれだけで「物語」的なものにほかならない。そこには、現実的なものなど、もはや何一つ残っていないのだから。

子どもを失った母親の物語(たとえば、謡曲の『隅田川』のような)。あるいは、この世からあまりにも素早く旅立って行ってしまった子どもの物語。こうした物語がもはや古めかしく、手垢にまみれたものであることは、誰でも知っている。しかし、それを改めて輝かせ、そこに「物語」の光を見させようとすることは容易なことではなく、そしてそれは決して退行的なことでも、旧套的な物語に泥《なず》むことでもない。言葉の光、物語の光を信じることが、そうした定形としての物語を生まれ変わらせる。『夜の光に追われて』は、凡庸な物語に蔽われた暗い夜のなかで、まさにそうした言葉、物語の輝きを発光させているのである。

X　水の光

『水府』

　創作集『水府』は、「ボーア」「多島海」「番鳥森」「浦」「水府」の五篇の短篇小説を集めたものだが、並べて眺めてみると、一つの同じテーマ、同一のモチーフを持った短篇の連作集であるとも受け止めることができる。もちろん、主人公の設定や舞台となっている空間や場所はそれぞれに異なっているのだから、五篇に分かれた長篇作品と考えることは無理だが、ただ単に五編の短篇小説を並べてみせただけというより、もっとそれぞれの作品同士に内部的に呼応し、共鳴しあうものが多いように思われるのだ。
　その共通項の中でも、もっとも見やすいのは、これらの作品の内部を浸している圧倒的な〈水〉の量感だろう。「ボーア」の最初には、アマゾンの大河を上流へ向かって遡る川津波〈ボーア〉のことが書かれているが、こうした作品の内部に満ち溢れた〈水〉の量感が、この『水府』という短篇小説集の全編に共通するものであることは、ことさらに指摘するまでもない。「ボーア」では、〈水〉は母と子どもだけという母子家庭を呑み込んでしまいかねない、狂暴な津波や川の奔流、鉄砲水についての主人公の恐怖が書かれているのだが、人の命を奪う〈水〉についての畏怖の感情が、これらの作品の底に通奏底音として流れていると感じられるのだ。

それは、二人の女に子どもを産ませてしまった男が主人公となっている二編、すなわち「多島海」と「浦」とが、おそらく単にそうした二人の女の間に挟み込まれた男の、何ともやり切れない状態を描き出すことが目的ならば、やや過剰と思えるほどに〝水びたし〟になっていることとも深い関わりがあると思える。「多島海」は、妻とは別の女に赤ん坊を産ませてしまった男が、出張の名目で女と赤ん坊といっしょに二泊の〝家族旅行〟に出かける話だが、海沿いの港町、半島巡り、多島海というロケーションが、つねにすぐ傍らに満々と水を湛えた場所であり、環境であることは、この作品の場合少なくとも恣意的なものでないことは明らかなのである。

今にも溢れ出し、迸《ほとばし》ってしまいそうな女の感情。男はそれを脆いガラスの器に入った水のように扱わなければならない。男の赤ん坊は泣かない。女の赤ん坊はよく泣く……。日常的な何気ない会話にも、彼は注意を払わねばならないのだ。正規に結婚した妻と、愛人としての女、〝嫡子〟と〝庶子〟といった〈差別〉に、女は過敏にならざるをえないのだから。

男はそうした二人の女、双方の子どもに対して、夫、父親として振る舞う。けれどもそれは妻をも女をも、どちらをも選択し切れない、どっちつかずの曖昧な態度、優柔不断から来ているものにほかならない。男は、漂い、たゆとう水であり、不定形であり、どんな形の器にも、地形にもその姿を変え、それを満たしてしまうのだ。揺れ動き、波立ち、ざわめく水。狐疑逡巡する男の胸元まで満ちてくる水は、彼を誘い、呑み込み、溺れさせようとして取り囲む、悪意ある物質にほかならないのである。

しかし、もう少しきめ細かく見てゆくと、『水府』の中の〈水〉は、また〈水の音〉であることがわかってくる。安珍を追って日高川を渡る大蛇となった清姫を思い起こさせるような〝ボーア〟も、その小説の初めでは「無数の動物が遠いところから怒り叫んでいた」「深い森が風雨に騒いでいる」「火山の溶岩が流れてくる」、そんな大きなどよめき、波の唸る〈音〉として最初に知覚されるのである。

〈音〉がまずあって、その次にそれが〈水〉であり、動物の鳴き声であることが知らされる。そうした作品が「ボーア」であり、「番鳥森」である。「ボーア」では、夫を川の暗い急流で失くしてしまった主人公の〈私〉の母親は、自分の耳鳴りが〈川の音〉であることに気がつかない。「なんて、いやな音なのだろう」と思いながら、母親はそれが自分の夫が「流れに呑まれ、溺死体になり果てた」川の水音であり、それが耳もとで鳴り続けていることに気付こうとしないのである。

それはむろん、母親が自分や子どもたちを棄て、よその女といっしょに川で死んだ夫のことを認めたくないという、無意識の抑圧があるからだ。母親は川を怖れ、水を嫌悪し、川の音、水音に神経を針のように鋭ぎすます。「ボーア」の主人公が、〈水の音〉に怯え、川の流れや音にヒステリックなまでに苛立つのは、そうした母親の恐怖や嫌悪に感染してしまったことと、母と娘を囲む環境や状況が、反復するかのように似ているからにほかならない。つまり、そこでは娘と母親は、互いに〈水の音〉を怖れることによって、その運命の繰り返しを確認しあっているといえるかもしれないのだ。

「番鳥森」で「手放しで泣いて、泣き続けて、許してもらいたくなる」ような気味の悪さを主人公に与えるバンドリの「ぞっとする声」。それは正体を明かしてしまえば、ムササビの鳴き声にしか過ぎないのだが、山の奥に棲むという、その不気味な声の生き物は、〈私〉には一人で留守番をしていた妹を不意に襲い、殺してしまった〝鬼〟と重なってゆく、得体の知れない、本源的な〝恐怖の対象〟なのである。

だが、「番鳥森」の話は、そうした妹を襲った〝鬼〟のことや、〈私〉が子どもの頃に怯えたバンドリの声とは、また違った方向へと展開する。〈私〉は東京で大学生だった兄と二人で暮らしていた頃のことを、突然、姉に打ち明ける。「兄とおかしなことになってしまった」こと、「それから、どのようにして二人で過ごすようになったのか。どんなにその一日一日が楽しかったか。そして、不安だったたか。人がこわくて、二人で怯えていたか」ということを。

もちろん、ここで語られている兄妹の〈近親相姦〉のテーマが、妹が殺されたことも、

〈私〉とその夫との関係が壊れかけていることとも直接的な関連性はない。ここに不意に示される近親相姦のテーマは、ただ彼女たちが「人がこわくて、二人で怯えていた」生活を送っていたことを、そうした周囲の人たちに対する根源的な〝恐怖感〟を、当然化するためだけに持ち出されてきたものと考えても不都合ではないだろう。姉はこうした妹の告白にほとんど耳を貸さず、その夫と別居状態にある妹の〝現在の状態〟について気を揉むのである。

「バンドリが風を切って飛んでいる。ここにいる私に、ぶつかりはしないだろうか。石つぶてのような、火の子のようなバンドリ」と書かれる〝バンドリ〟の声は、「夫婦みたいに暮らしていた」兄妹に対する、世間や周りの世界の〝人の目〟に含まれる非難や誹謗の視線であったといってもいいだろう。つまり、それはつぶてのように、不倫を犯した兄妹に投げつけられる、倫理的、道徳的、そして世間の好奇の目や、憎悪の〈噂〉なのであって、彼女たちはそうした〝ぞっとする〟世間の声、噂のざわめきや非難の囁きをこそ、怖れ、怯えて暮らしていたといってよいのである。

バンドリの声、あるいは〈水の音〉は、主人公たちの耳に聞こえてくる、彼女たちの周囲で囁かれ、飛び交い、さざ波のように波及し、増殖されてゆく〈噂〉であり、流言蜚語であるようなものにほかならない。もちろん、それは彼女たちの空耳であるといえるものかもしれないのだが、少なくとも彼女たち自身にとって、それらの声、音が現実的で、つねに自分たちの身の周りを取り囲む、悪意あるものに相違ないのである。

「ボーア」では、主人公の〈私〉の母親は、「自分の夫が他の女のもとに打ち寄せられていったこと」、そして「流れに呑まれ、溺死体になり果てたこと」を体験しなければならなかった。そんな母親が〈水〉を怖れ、〈水〉を憎み、〈水の音〉を耳鳴りとして聞きながら、その「いやな音」「ぞっとする声」を〈水〉や〈川〉のものであると意識しようともせず、無意識の層へと押し込めてしまったということは、無理のないことだったかもしれない。

わたしは水神を睨み続けた。水神の期待していたようには、悲しんでも、怖れてもいなかった。人間は受けとめたくないものを手渡された時、がらんどうの透明な生きものに変わってしまう、ということを水神は知らなかった。（中略）水の声は聞えたが、わたしの耳はつぶれなかった。井戸の水を運び続けた。水に取り囲まれて、びしょ濡れになっているのに、水を運び続けていた。同じ井戸を使う女たちも、水の向こう側でうごめいていた。（「水府」）

夫を奪った〈水〉に対する怖れ。そして、その〈水〉を睨みつけることによって、辛うじて残された子どもとともに生きることの心の張りを得ようとする「わたし」の内面が、ここでは示されている。この「わたし」は主人公の〈私〉の母親であるのと同時に、〈私〉という母子家庭を支えている主人公、小説の語り手本人でもある。

夫を他の女に取られ、自殺されてしまった妻。知恵遅れの男の子を産み、そしてその子を亡くしてしまった母。父親のいない子どもを産み、男の訪れるのを待つ生活をしている女。そうした母と娘の生活が、「同じ井戸を使う女たち」の口の端にかからずにいられるはずがない。それは正面切ってそれと向かい合おうとすると、逃げ水のようにつかみどころなく、消え去ってしまうもので、その身の周りにひたひたと押し寄せ、やがて胸元いっぱいまで、そして頭の上までの全身をすっぽりと呑み込んでしまうものなのだ。

そうした〈水〉や〈水の音〉から逃れようとすれば、逆にその〈水の世界〉に浸りきりになるしかない。〈水〉を怖れ、〈水の音〉から逃れようとすればするほどに、それらのものは人を取り囲み、その中で溺れさせようとするものだ。逃げ回り、泣き、怖れれば怖れるほど、スキャンダラスな〈噂〉や陰口は、石つぶてのように容赦なく人を追ってくる。逃れることも、正面からそれに刃向かうことも不可能であることを知った時、人は〈水〉や〈水の音〉の中にすっぽりと自分を浸からせるということを知るのである。

水の国、水の都、水の城――それは金魚鉢の中の装飾的な城であり、お伽話の龍宮城の世界であり、またある意味では水死した死者たちの棲む冥府でもあるだろう。そこで人は、水の中にいると、その内部は無音、沈黙の世界であり、〈水の音〉が聞こえないことに気がつくだろう。「水府」とは、水の中に入ることによって、水を忘れ、水によって水の音を遮蔽してしまう場所なのだ。

『水府』という作品集がたどり着いた場所がどんなところであるか、もはや明らかだろう。水、水の音、噂や風評といった〝喧騒〟から離れて、自分自身が水、音、言葉となってゆく小説作品の空間。そこでは不協和な音や、外側のざわめきに煩わされることのない、絶対的に平和で幸福なユートピアの夢が紡がれる。「水中深くに、地上では想像がつかない光で輝く、静かな、心地良い国」がある。〈水〉との和解は、そんな龍宮の穏やかな光の世界のイメージによる、「水府」の夢として示されるのである。

XI 〈地霊〉と〈うわさ〉

『火の河のほとりで』

津島佑子の『火の河のほとりで』（講談社）を読んで、古風な、奇矯ないい方かもしれないが、〈地霊〉という言葉を思い出してしまった。最近読んだばかりの富岡多恵子の『波うつ土地』にも、この作品とどこか根を同じくするものを感じたのだが、それからはさすが〈地霊〉などという言葉は思いうかばなかった。岡本かの子の〝家霊〟、円地文子の〝坂〟にイ《たた》ずむ地の霊などにつながるような〝妖しさ〟が津島佑子の最近の短篇小説のなかにあって、それに引きずられての連想なのかもしれない。

小説としての筋立てはかなり複雑である。東京と東北の地方都市とに別居していた父と母の家で、別々に暮らしていた姉妹の牧と百合。自分の父の愛人だった牧と共同生活をしている女子高校生の瑠璃子。妻の百合の姉である牧と関係を続け、最後には二人から同時に自分の身をひき離してしまう慎一（彼は瑠璃子とも関係を持つ）の四人が主な登場人物だ。いささか知恵の輪のパズルめいたややこしい人間関係だが、こうした人々の関わりよりもこの作品にとって重要な意味を持っているのは、それらの人物たちが住み、歩き回る〝土地〟にほかならないという気がするのである。

この作品の中心の舞台となっている土地は二箇所で、姉の牧が父親といっしょに住んでいた北上川の河口の港町（作中には明示されていないが、石巻市と推定される）と、百合・慎一夫婦のマンションがある、東京の下町らしい〝袋小路〟の街（駒込近辺だろう）である。この小説を読んでまず気付くことは、これら変哲もない町の土地柄や街のたたずまいが、きわめて丹念に描かれているということだろう。河、道、坂、橋、街並み、建物といった要素が、まるで地形図や市街図がそのまま作れるほどきっちりと描かれ、作中人物たちも頭のなかにしっかりと地図が入っているように〝土地勘〟がよいのである。

たとえば、土地開発関係の事務所に勤めている慎一の視点からは、北上山地の丘陵地帯から牧の住んでいた河口の町にいたるまでの地形が、起伏や凸凹をそのままなぞるように描かれている。また、父親の野口司が昔住んでいたという「小石川初音町」を尋ね歩く瑠璃子の目の前に展ける街並みは、それがありふれた都市の下町風景の丹念な描写であればあるほど、スーパーリアリズムの絵画のような一種の幻想性すら帯びてくるのである。

だが、街－土地へのこだわりといえば、百合が二歳のときから結婚後まで住み続けている東京という大都市の片すみの袋小路の街がもっとも重要な意味を持っているだろう（ついでにいえば、この袋小路のたたずまいは、『山を走る女』の主人公・多喜子の家がある〝路地〟にきわめて近似している）。小説の後半部の一節で語られている次のような牧の言葉は、こうした百合と〝袋小路〟の土地とのつながりの秘密をときあかすものといえるだろう。

——百合のようにあたしも、自分のために人が死んだ場所を離れずに生きてみなくちゃと思ってたような気がするの。

牧がここでいっているのは、牧と百合とが共有する袋小路に住む少女を殺してしまったという少女期の雪の日の記憶にほかならない。つまり、最初に書きつけた〈地霊〉という言葉にひきつけていえば、百合は自分が殺した女の子（それは直接的なものではなく、間接的に〝全身火傷による死〟に追いやってしまったということだが）の霊を鎮魂するかのように、その現場にこだわり、とどまり続けなければならなかったのである。百合が固執観念として抱いている西陽や雪への嫌悪も、精神分析的にいえば、こうした少女期の思い出と密接につながっていることは疑う余地がないのである。

しかし、もうひとつ別のレベルでこのことをとらえれば、それが単なる罪障感といったものではなく、津島佑子の作品のひそかなテーマであるといってもよい〈うわさ〉にかかわるものであることは明らかなように思える。河口の町に住む姉と父とについて「愚劣なうわさ」が拡がっていた。そして、百合はその〈うわさ〉を信じてはいなかったが、「うわさの力」は怖れていたのだった。

ちょうど、あの西陽のように、姉のことを思い出すと、漠然と、恐怖に似た気持ちが体をよぎるのだった。〈うわさ〉がどんなものだったか、忘れたいと思い、忘れたとも思っているのに、百合にはその〈うわさ〉と姉を切り離して考えることはできなくなっていた。

姉・牧にまつわる〈うわさ〉——それは牧が自分の父親と関係し、畸型の子を孕み、中絶した、そして父親は自殺した、という凶々《まがまが》しい、そしていってしまえば、〝通俗的〟なものにほかならない。もちろん、小説はこうした〈うわさ〉が事実無根か、本当か、といった〝謎とき〟のレベルで展開されているのではない。虚実ということを問えば、この作品においては〈うわさ〉の真相はついに曖昧なままに終わっている（ここに作者の苦心を見てとることができるのだが）。この小説において肝心なのは、東北の地方都市、そこに流れついてきた父と娘の奇妙な生活、それにまつわる〈うわさ〉といった、土地と噂、風聞との切り離せない関わりなりである。だから、あらためていえば、百合が〝袋小路〟の土地に固執しているのも、そうした〈地霊〉のささやき声のような、どこからともなく流れてくる〈うわさ〉を怖れているためにほかならないのである。

だが、むろんこの小説はそうした〈うわさ〉や〈風聞〉にただ怯え、恐怖している人間を書いただけのものではない。牧が父の死後も一人でその河口の港町に住み続けたのは、そうした〈うわさ〉から逃げ出すのではなく、むしろそのなかに逆に入り込み、その〈うわさ〉を積極的に身にとりこむことを意志したからにほかならなかったのである。そして、そのような〈うわさ〉の主として河口近くの家に住み続ける女は、一種の〈地霊〉めいた雰囲気を訪れてくる男に与えるのである……。

くりかえしいっておけば、開発、再開発の波に洗われる都市（大都市、地方都市を問わず）の地において、たとえば〈地霊〉といった言葉（それは前近代的な自然といっていいだろう）があらわす〝妖しさ〟をどう表現することができるかという問題意識こそ、私が津島佑子の小説のなかに見出さざるをえなかったものなのである。

XII 「きけん」という階段のある家

『夢の記録』

「ザシキワラシ」というおばけがいる。古い屋敷の座敷に住んでいる妖怪で、小さな男の子の姿をしている。子どもたちが、部屋で輪になって遊んでいる。一人がふと人数が多いことに気が付く。みんな知っている顔なのに、確かに一人多い。あるいは、病気で寝ているはずの子が、青い顔をして座敷の真ん中にぽつんと坐っている。そんなのがザシキワラシ（あるいはザシキボッコ）だと、東北出身の詩人で、童話作家の宮澤賢治は語っている。

ザシキワラシは、「家」についている。時々、「家」から「家」へと引っ越しをする。すると、今まで富み栄えていた家が没落し、貧窮していた家に福がめぐる。ザシキワラシは、その「家」の守り神であり、福を授ける福の神でもあるからだ。

「不思議な少年」のなかに書かれている少年は、「ヌラリヒョン」とか「一本ダタラ」とか「川アカゴ」とかいった妖怪で頭をいっぱいにしていたが、そのなかに「ザシキワラシ」は入っていなかっただろうか。短篇集『夢の記録』（文藝春秋）は、この「不思議な少年」が、ザシキワラシとなって、夢の世界へと行ってしまった記録である。彼は誰に福をもたらすために、行ってしまったのだろう。そして、いつ、母親と姉と祖母のいる「家」に、手のひらいっぱいに〝福〟を持ち帰ってくるのだろう。

日本語の教科書に、関東では「イエ」は家屋を、「ウチ」は家庭を意味し、関西ではその逆であると書いてあった。「イエ」と「ウチ」にそんな違いがあるのかと、ちょっと驚いたのだが、その教科書にはさらに、北海道ではこの区別が曖昧であるとも書いてあった。

北海道出身の私が「イエ」と「ウチ」とをうまく使い分けられないのも無理はないと、一つ発見した気持ちになった。「イエ」も「ウチ」も、同じようなものというのが、私の言語感覚だからだ。

漢字で書けば両方とも「家」になる。入れ物としての「家」と中身としての「家」（私はこれに自信をもって振りがなを振れない）。「イエ」と「ウチ」の意味の重なりは、建物としての家屋と、そのなかで営まれる家庭、家族の生活が、互いに滲みあい、侵食しあう様を表現していると思われる。

津島佑子の作品には、家庭としての「ウチ」と、家の建物としての「イエ」が、明瞭な区別がつかず、曖昧に浸透しあっているという趣がある。人の住んでいる場所と、その人の存在とは切り離しえない。部屋、家、土地、街が、津島作品で主人公に関わる「男」「母」「女友だち」といった人物と同等なほどの存在感をもって描かれているのも、人はその居住空間を含めて個人なのだという存在感覚が、彼女のなかにあるからではないか。

『夢の記録』のなかの短篇には、「家」の構造をこと細かに描いた場面が多い。もっともそれは、「ジャッカ・ドフニ　夏の家」のなかの、家族めいめいが勝手に空想を広げた新しい「家」の設計図のように、どこか夢の中の記憶のように歪んでいるのだ。

「きけん」という階段がある。それは設計した息子にいわせると〝変な人〟が入ってくると下に落ちてしまう仕掛けがしてあるのだという。学校の先生が訪ねてくる。トイレに行くのに、壁をよじ登り、洗面所へはトランポリンを利用して、跳びあがっていくのである。

こうした家の中の空間の歪みや、ねじれのようなものは、当然、その家庭、家族の関わりをどこかで反映したものといえるだろう。つまり、「イエ」の形や構造は、そのなかで営まれる「ウチ」の生活の有様や、住んでいる人間の心の状態によって影響され、微妙な変形を受けるのである。家を新築するための「設計図」を「母」がなんべんも描き直していると、現在とほぼ同じものができてしまうというエピソードがある。住み慣れた家は、その住人にとって着慣れた着物のように肌に馴染んだ、自分の肉体の延長のようなものだからだ。

『夢の記録』の中の短篇は、こうした「イエ」の中から消えてしまった一人の存在を捜すことをそのテーマとしている。それは主に息子なのだが、時には知人であったり、母であったりする。彼らは突然、主人公の〈私〉の目の前から消えてしまう。当然いるべき「家」の住人がいなくなる。すると、その「家」はその人間の不在に合わせて、その分だけ、内部の空間を歪ませ、変形させるのである。

しかし、そうした歪んだ空間は、思いがけず〝ワープした空間〟を作り出し、そこでは夢の世界と現実の世界、過去の世界と現在の世界とが、奇妙な界面によって接合される。生と死の世界も、絶対的に隔てられ、光と闇の世界のように分離されたものではない。闇のなかに光が吸い込まれ、光が闇を作り出すように、生は死を孕み、死は生を生み出す。言葉は、そうした異なる世界の間の接触や干渉を可能にするのだ。

人は夢の中で、会いたい人と出会い、憎しみのままに人を殺してしまう。それは夢の世界だけの出来事ではなく、現実の世界にも、必ずその痕跡を（「家」の歪みとして）残している。

食物連鎖という言葉がある。プランクトンは小さい魚に食べられ、小さい魚は中くらいの魚に食べられ、それは今度は大きい魚に食べられる。生き物たちは、そうした食物の輪を作って、互いに関わり合っている。「ウチのイエ」を成り立たせているのは、そこが食べて、寝て、住むという生き物同士を睦《むつ》ませる場所であるからだ。母親は子どもにご飯を食べさせ、子どもはイモリに糸ミミズを食べさせる。すると、糸ミミズは、イモリを呼び、イモリは子どもを呼び、子どもは母親を呼ぶだろう。こうした論理に、どこかおかしなところがあるだろうか？

「家」のなかのふとした片隅で、見失った小物を見つけるように、私たちは「家」のなかで消えていった〝ウチの人〟と出会う。座敷、階段、台所や風呂場などで……。そして「イエ」は、どこかに遊びに行ったままの「ウチ」の子どもが、ポケットにイモリやトカゲをしのばせて帰ってくるのを、いつまでも待っている。

XIII　母語と外国語

『かがやく水の時代』

アサコ、ミサコ、カズオ、イズミ、ミドリ、ヨリコ、というのはこの小説のなかに出てくる登場人物たちの名前である。日本人および日系人の名前であることはいうまでもないだろう。アリシア、オリヴィエ、キャシー、マリー・エレーヌ、トマというのも登場人物名（実際には名前だけで登場しない人物もいるが）だが、こちらはその国籍や民族をその名前だけから判断することはできない。もちろん、最初の日本名も、それを私たちが勝手に日本人（日系人）の名だと思っているだけであって、本当は名前だけで日本人と非日本人（いかにもイミグレーション〈出入国管理〉的な分類法だが）とを見分けることはできないのである。

アサコとアリシアとは同一人物である。日本人を両親としてアメリカで生まれ、日系アメリカ人であって現在はフランスに居住しているアサコは、アリシアという英語名を持っているということなのだ。二つの名前というより、彼女の名前はその生活する空間や状況において互いに〝翻訳〟されうるものということだろう。アサコの兄夫婦、カズオとキャシーが養子にしたのは、中央アジアの難民の子どもである。トーマスという英語名をつけられた彼は、もとのペルシャ名と日本語名との三つの名前を持つことになったという。しかし、三つの名前を持つと考えるのは一つの名前が当たり前だと思っている私たちの感覚であって、「夢」が英語ではドリーム、フランス語ではレヴ、そして日本語ではユメであるように、それぞれの言語体系のなかでは別なふうに呼ばれることは当たり前のことかもしれないのだ。英語名ではトーマス、フランス語ではトマ、日本語名では、たとえばトミオと呼ばれるとしても、それは三つの別の名前ではなく、一つのものが三様の言語に翻訳されることでしかない。ヒョウ（雹）＝ヘイル（英）＝グレル（仏）のように、あるいはカンランシャ（観覧車）＝フェリスフィール（英）＝グラン・ルー（仏）のように。

この小説のなかで、主人公のミサコは、日本語、フランス語、英語という三重の言語生活のなかに身を置いていなければならない。パリ、アメリカの西海岸の地方都市という二つの大陸の間を移動する彼女は、日系アメリカ人で、彼女のイトコ（母の兄の娘）であるアサコと英語、フランス語で話を続け、いっしょに旅し、二人だけで一軒の家で一週間を過ごす。ミサコにとって母語、母国語は日本語であり、英語、フランス語は外国語にほかならない。しかし、アサコにとって母国語は英語であり、現実に居住している社会での生活言語はフランス語であり、日本語は民族的な意味での母語だが、それはかろうじて簡単な会話を耳で聞き取れる程度の理解力しかない他人の言語だ。ミサコとアサコとは英語とフランス語で話し、ミサコとアサコの母（伯母）とは日本語と英語で話し、アサコの父（伯父）とはもっぱら日本語で話す。

というように書くと、いかにも複雑でややこしい言語環境ということになるだろうが、これも生活のほとんどすべてが一か国語で間に合ってしまうという「日本」の特殊な言語環境によって育てられた私たちの特殊な感覚なのであって、国境線が地続きで繋がっている世界においては、そうした複雑な言語生活、環境というのもそれほど特別なことではないのかもしれない。大多数の日本人は、「外国語」にまともに向き合った体験をしたことがないのではないだろうか。母語、母国語から切り離されて「外国語」がコミュニケーションの手段として唯一残されているような場面。何分の一の意味すらも解らない言語の交わされる集まりのなかで、ひたすら何時間かを過ごさなければならない状況。日本人の外国語コンプレックスと言語的ナショナリズムはそうした場面において増幅される。そんな場面から、自虐的なコンプレックスにも、偏狭なナショナリズムにも染まらずに帰還することはなかなか難しいことであると思わずにはいられないのである。

ミサコは、「離婚してから子どもを死なせ、日本を離れてしまえば、すこしは生きやすくなるだろうから」と思って、パリで一年間を過ごしたのである。母語から離れ、他人の言葉を使う街の中で彼女は六歳の男の子を死なせてしまった苦しみから逃れようとしたのである。母語、マザー・タング。なぜ、人は自分の身体や、あるいは着馴れた服装と同じようにまさにぴったりと身についた言葉のことを〝母の言葉〟と呼ぶのだろう。たとえば、日本人を両親とするアサコにとって、母の言葉は日本語というべきだろう。むろん、彼女にとっての〝母語〟あるいは〝母国語〟は英語だ。日本人を父親として生まれたオリヴィエの場合は、母語はフランス語であり、〝父語〟は日本語で、彼は日本語を勉強し、日本人の娘を恋人として持った。母国語という言い方が、国家主義的であり、ナショナリスティックであるように、「母語」という言い方にも、母親と子どもとは切っても切れないという母子一体の母性愛、母性本能という神話的イデオロギーが感じられる。そこでは自分の不注意から子どもを失った母親は、まさに原罪を背負った存在なのであり、だからミサコは「母語」としての日本語の世界からいったん離れることによって、子を死なせた母という役回りから離れようとしたのである。

この小説は外国を舞台とし、外国人が多く登場し、そのなかで交わされている言葉が本来は外国語であるという意味だけで「国際的」と呼ばれているような小説作品とは本質的に違っている。というのは、主人公のミサコや、その書簡体の文章の宛先となっている（あなた、と呼びかけられている）アサコも、決して流暢な外国語の話し手ではないからだ。一つの言葉は、「エロン」というフランス語、そして「ヘロン」という英語に転じて、ようやく「サギ（鷺）」という日本語にたどりつく。母語に至るまでの不透明な言語の障碍物がたくさんあって、それを通過することによって、ようやく語られたモノにまでたどり着くことができるのである。こういう迂回路を経て、母と子という母子一体の神話をその内部に孕む「母語」に戻ってくる。ミサコの書き付けている言葉は、もはや母語という神話のなかに安住している言葉ではない。

アサコの父親は「日本人」であることにこだわり、自分の「アトツギ」を欲しがり、「カチョウ」としてのプライドを手放そうとはしない。それはアサコにとって日本語という〝父語〟の世界の問題であるのだが、だからといってそうした父語を単純に否定することによって何かが片付くということではありえない。そこでは家父長制は、もはや憐憫や郷愁の対象であっても、大きな抑圧ではなくなっている。アサコが父語である日本語に関心を向け始めているのも、日本語という言葉が個人の自由を束縛する抑圧のイデオロギーという性格を、彼女のなかで薄れさせているからにほかならないだろう。

母語や父語というイデオロギーを超えて、女たちは自分たちのネットワークを世界に広げてゆく。それが本質的な意味でこの小説を国際的にしている。流暢ではなく、躓き、たどたどしく、大きな廻り道をして伝えられる言葉の回路によって、彼女たちは建前の言葉ではない、人間のもっとも底辺にあるコミュニケーションの能力によって人と繋がろうとしているのである（もちろん、ミサコがパリやアメリカで出会うのが、そうした母語（母国語）に安住するのではなく、皆どこかそうした母語、母国語から疎外されたような人物であることはいっておかなければならない。日本人と結婚し、離婚したフランス人の女、フランス人と結婚し、死別した日本人の女、日本人を父、あるいは母に持った二世の若者たちなど)。

津島佑子は、『夜の光に追われて』で、自分にとって一番大事なものを失って嘆く千年近くも昔の女性に宛てた書簡体の小説として、自らの子どもを失った母の物語を描いてみせた。子どもを失った苦しみを、千年近くの時間を隔てた世界へ投影することによって、その悲痛な体験をいわば物語のなかで普遍化しようとしたのである。『かがやく水の世界』で行ったのは、それを世界の広がりのなかで普遍化しようという試みだったように思える。母から子に伝えられる母親という幻想。そうした幻想にとらえられている限り、子どもを失った母親は、「母語」のなかで悲嘆に暮れるしかないだろう。だから、「外国語」の世界で、外国語を話す人たちといっしょに暮らすことは、そうした悲嘆を癒すという意味と、それをもう一度、ありきたりの母恋い、子恋いの物語ではなく、自分の個人的な固有の体験として見つめ直すのに、とてもよい機会だったといえるものである。

死者と石と火と水。この各章の章題として使われている言葉は、これ以上単純化することのできない「世界」を作り上げているものの要素《エレメント》である(石、火、水はもちろんのことであり、死者もまたそうである。世界には死者が満ち満ちている。私たちがそのなかで生きている都会や本も、それらのものはほとんど死者が私たちの時代に遺していったものにほかならない)。しかし、津島佑子のこれまでの小説では、「水」は死や別離や悪意を含む不安の象徴として、よりその存在が際立っていたのである。『水府』の連作的な短篇小説のなかでは、それは明らかに水中で死んだ語り手の父親が住む冥界であることはまぎれもないのである。雨、水の音、海や川。それらは主人公たちにとって決して親和的ではない、不安や不吉な気分を駆り立てる要素なのであり、そこに水中にあるような切迫した息苦しさがあったことは否定できない。

『かがやく水の時代』という標題は、直接的にはナイアガラの滝の圧倒的な水の量と、その水から感じとった「光」から来ている。それは死の川といった暗く、淋しい「水」の世界とは異なった、まさに新世界の「かがやく水」の世界を発見した喜びに満たされたものだ。ここからあの冥府としての「水」の世界に立ち戻ることは、もうありえないだろう。母の言葉＝日本語との完《まった》き和解が、やがてありえたとしても。

XIV 変幻する「私」

「私」という一人称については、男と女とでは少し感覚が違うのだろう。男にとって（あるいは少年にとって）「私」という一人称は、ちょっと改まった「公式的」に自分を指し示す言葉だ。「僕」や「俺」の使い分けのような自意識の翳りのない一人称なのだ。私は地方の高校から大学へ進学するために東京に出てきた時に、「僕」という一人称を使うたびに自分が身に合わない服を着込んでしまったようなとまどいを、ひそかに感じていた。私の本来の一人称は「俺」であり、「僕」は「俺」の少し着飾った言い方だったのだ。小学校や中学校の級友の誰かが「ボクはね」などと言うと、あついは「スカしている（キザで、カッコウをつけている）」というのが私たちの悪口だったのである。

それに比べ、少女たちは「私」を変幻自在に使っていた（ように思えた）。何よりも、彼女たちは、自分の成長につれてその一人称を変える必要がなかったからだ。男たちが、「俺」

から「僕」、そして「私」といった一人称の変遷を経るのに対し、彼女たちはいつも「わたし」あるいは「私」という言葉をやすやすと口にしているような感じを受けた。それは不必要な自意識の翳りが彼女たちにはないもののように、私には思われたのである。

変幻する「私」の小説。これはもちろん「私小説」ということではない。「私」が「私」を物語っているのが「私小説」だとしたら、津島佑子のこの『「私」』という短篇小説集は、言葉が「私」を物語っているという構造の作品が集められている。これはどういうことか。「私」というものは「私」という殻を抜け出て、自在に「私」という現象として偏在する。「私は……私である」という自同律に不快を感じることがない。「私」の小説は、自意識というみすぼらしい近代的な制約を振り捨てて、「私」という羽衣のような自在さを得て、闊達な作品世界を繰り広げるのである。

この作品集のなかで、「私」はある時は五十近い女性で、子どもを亡くした経験があったり、あるいは母親を亡くしたばかりの娘としての「私」だったりする。時には、十二歳の女の子の「私」という一人称であったり、若い時にその女の子の「光る眼」を見て、それが忘れられなくなった男性であったりする。「私」は作品によってその人格や性格、立場や存在や性までも自由自在に変えうる。その時でも、女の「私」は生き生きとし、また伸び伸びとしているが、男の「私」のほうは、ちょっと翳りがあり、「私」という枠や殻のなかに閉ざされているという感じがする。死者や動物さえも、その「私」ということにおいては男たちよりも自由度が高いようにも思われる。

アイヌ民族の伝承的な神話であり民話であるユーカラ（ユカラ）には、森のフクロウだったり、川のサケだったり、村のハシボソガラスだったり、海のシャチだったりする「私」が、一人称の語り手（唱い手）として登場する。「私」は良い神であれ、悪い神であれ、いかにして神になったかという その由来と、人々に尽くしたかということを自ら物語る一人語りの「神謡」という形をとるのである。

「気がついてみれば、私はエゾイタチの耳と耳の間にいて」と「魂」となった「神々」は物語る。動物や器具や道具でもあった「私」が天上に昇って「神」となったのだ。

もちろん、こうしたユーカラを伝承し、それを歌い、語っているのはアイヌ民族のユーカラの語り手（唱い手）そのものであることはいうまでもない。語り手はある時には鳥になり、ある時は熊になり、また小船や弓矢になったりする「私」なのであり、その一番の底にはそれを物語るひとの「私」という基点がある。物語のなかの「私」とそうした話者の「私」とは、交じり合い、混合し合って、単調でもなく単層でもない「私」の表現を可能とする。

『「私」』という作品集が、アイヌ・ユーカラの世界と呼応していることは、作中の「夢の歌」「月の満足」「鳥の涙」などの小説に、直接的にアイヌ・ユーカラの神話や伝説や民話（らしきもの）が散りばめられていることで明らかだが、この場合、結果的に語り手（唱い手）の「私」は、語られる様々な動物神や自然神や道具神に憑依することによって、より変幻自在な、空を飛び舞うような「私」を手に入れることができたということが可能なのだ。それはまた、文字以前の口承的な「文学作品」であるゆえに、近代文学が持ち込んできた「近代的自我」などとは無縁である。

「私小説」のなかの「私」が箱の中の箱のように、無限に縮小してゆくような「私」であるとしたら、『「私」』の「私」は、窮屈な括弧のなかに二重三重に閉ざされているように見えながら、実は外へ外へと広がり、無限に拡張してゆくような「私」なのだ。やはり作中の「野辺」「母の場所」「魔法の終わり」などの作品は、作者自身の「私小説」的な体験やエピソードが籠められていると思われるが、だが、そうした作品のなかでも語り手の一人称としての「私」は、死んでゆく「母親」であり、あるいはその母親を見ている娘の「私」であったりして、それは個人と個人の間や、生死の間の境界をやすやすと飛び越えてしまうのである。「私」という定点を決して手放すことなく、そこから「私」の語り手という制約をはずし、物語自体が物語を物語るというような構造を明瞭にすることが、日本の「私小説」という閉鎖性を突き破ってゆく一つの方法であると思われる。

私、私、私……これが単なる「エゴイズム」の叫びや主張などではないことは明らかだろう。どこにでも普遍的に存在し、偏在している「私」たち。それは確かに子を孕み、身を二つにしてゆく女性性の「女語り」であって「男語り」ではない。だがそれは一見特権的な存在のように見えながら、そうではない。「私」という言葉のその括弧を取り、それを宇宙のなかのすべての生物、あるいは無生物のなかへと発散させてしまう。「私」は消滅し、「私」は復活する。そうした活発な「私」の変幻さを実感させる小説として、津島佑子の『「私」』という作品集は存在している。

XV　マイノリティー文学のために

『アニの夢 私のイノチ』

津島佑子の作品には、「火」と「水」とがある。『火の河のほとりで』や『火の山　山猿記』のような「火」の系列。『水府』や『かがやく水の時代』のような「水」の系列。もちろん、「火」と「水」だけではなく、「風」や「夢」といった系列もなくはないのだが、「火」と「水」の対立、対決の鮮やかさが、もっとも心の底に残るような気がするのだ。

二十歳の頃の旅の日記を冒頭に置き、フランスでの滞在の記録を最後に配したこのエッセイ集は、いわば「水」から「火」へと移り変わるような配列となっているような気がする。パリで中上健次の訃報を知らされた日は、「冷えびえとした暗い日だった」ことを津島佑子は描き残している。その夜、外出したパリの街は「冷たい風が吹いていて」、「閑散とした広い道を、すでに枝から落ちはじめたプラタナスの枯れ葉が風に吹かれて、舞い飛んでいた」。そして、その次の日、「空はますます暗くなり、雨が降りだした」。彼女は書く。「中上さんと、このいやな、いやな天気を結びつけて考えないわけにはいかなかった。とうとう暗く冷たい廃墟のようなパリから逃げだすことに決めた」と。

もちろん、中上健次の死を伝え聞いた津島佑子の心象風景のなかに「風」が吹き、「雨」が降っているのだが、彼女はそうした自分の内部の風景と外部の風景とを区別しようとはしないのである。憂鬱な空模様と憂鬱な心とは、彼女の中では切り離しえない。それはいわばシャーマン的な内的自然と外的自然との共鳴、交感なのである。

『文藝首都』の時代からの「小説家」志望同士としてライバルであり、文学的盟友であった中上健次の死が、彼女にとって大きな「喪失」であったことは疑いない。しかし、こうした言い方は不謹慎かもしれないが、津島佑子はそのような身近な人間の「死」という「喪失感」を体験するたびに、その文学の世界の幅を広げ、小説世界の鮮やかな展開を見せてきた作家なのである。

二歳の時の「父親」の自殺から、ダウン症だった「兄」の死。これらの近親者の「死」がそもそも彼女を文学という方向へ向かわせた原初的な動機だろうし（理科系に進んでほしいと思っていた母親の希望を裏切って）、不幸な「息子」の死や、最近の「母親」の死が、彼女の小説世界に著しい変貌を与えたことを否定することはできないはずだ。

それならば、私たちは「中上健次の死」をきっかけとした津島佑子の文学の世界の変貌や展開を期待していいはずだ。パリの空から落ちてくる涙の雨のような「水」。それは死者を包み込み、重い重量感をもって作品世界に偏在する（水死した父親を包んだ水のように）。そうした「水」に取り囲まれた世界から、燃え盛る「火」、あるいは煌めき、輝く「火」、遠くまたたく「灯」への転換は、燃え上がる創作の意欲と「文学」への情熱の炎への転換といえるだろう。そうした移行がこのエッセイ集のなかにもはっきりと見られると思われるのだ。

一つには、それは日本や世界におけるマイノリティー（少数者）の文学に関しての持続的な関心であり、そうした興味や関心から始まった「アイヌ」の神謡のフランス語への翻訳作業ということである。具体的な翻訳書の出版にまで漕ぎ着ける過程は「アイヌ叙事詩翻訳事情」という文章に明快に書かれていて、それは津島佑子という作家の小説世界にも大きな富をもたらすことになるだろう（短篇集『「私」』のなかの数編に、具体的なアイヌの神話、神謡の世界が取り入れられている。また、『トーキナ・ト』という絵本も造られた）。

文字が発明され、書き言葉が出来上がり、印刷、出版という制度が整ってから生まれた「小説家」という職業と、文字のない口承文芸の世界は、同じ「言葉」を扱うということであっても、著しく大きな「隔たり」があるものだ。しかし、そうした口承文芸の世界から、「現代文学」は大いなる遺産を汲み出そうとする。被差別部落民という日本のアウトカーストのマイノリティーとして生まれ、説経節や浄瑠璃などの語り物文芸の大きな富をその作品世界の形成に奇蹟のように汲み上げた小説家としての中上健次。津島佑子もまた、そうした「アニ」としての中上健次との永訣の朝において、ひそかに「語り物＝物語」を自らの作品のなかに取り入れることの自覚を深くしたのではないだろうか。

それは具体的にいえば、変幻自在な「私」という語り手の存在であり、それはまた生者の世界も死者の世界も自由自在に往来し、人間や他の生物どころか、自然や事物そのものとして偏在する「私」の世界なのだ。知里幸恵の遺した『アイヌ神謡集』の世界では、死んだ動物神たちは、「耳と耳の間」にいる。合理的な考えにこだわるフランスの大学院生たちは、たとえば蛙には「耳」がないのだから、この表現は変だという。だが、翻訳という作業は、ただその言葉の意味を忠実に別の言葉の意味として再現させることではない。言葉が違うということは、その世界に関する感じ方や発想法、感受性や世界観の違いということにほかならない。単純な言葉の置き換えで済むはずはなく、アイヌのユーカラ（yukar）の世界のフランス語の世界への「翻訳」は、さまざまな困難と挫折とに出会うこととなるのである。

なぜ現代の日本の小説家が、どちらとも母語ではないアイヌ語とフランス語の間を揺れ動きながら、険しく困難な翻訳、そして出版という作業にあたらなければならなかったのか。もちろん、それは文化紹介の事業ということより、まず自分の小説世界に大きな富を蓄積することであり、そしてそれはまた世界中のマイノリティーとその文学に連帯し、共感することだった。言葉は、文学は小さきものの側に加担する。あるいは九十九匹ではなく、見失われた一匹のほうを探し求める。「女子供（婦女幼童）」のためのものとして発展してきた日本の文芸は、自らの立場を語る津島佑子という「口承の伝承者」を得たのである。

XVI

狐の仔、油揚げを喰ひたる事——追悼のために

狐の仔、親に油揚げ十枚を買ひにつかはれしに、帰る道にてその甘やかなる香りにこらへられず、つい一枚を喰ひたり。狐の親、数の少なしをいふに、仔、我知らず、おほかた豆腐の肆《みせ》の商人《あきんど》の、数をたばかりたるものか、と答ふる。親、商人を責めて大紛擾《おほさわぎ》となりぬ。狐の仔、狡猾なる我が性根《こころね》を悪《にく》みて、狐にあらじ、狼たらむことを心に密かに誓へりとか。

津島佑子さんの幼少年時のエピソードを『伊曾保物語』風に書いてみたらこうなるだろうか。お使いの途中で、ついつい食べてしまった一枚の油揚げ。それをお母さんに隠すためにつき通さなければならなかった小さな嘘。それが大人たちを巻き込んだ大事（子供にはそう思える）へと発展してゆく。そうなると、ますます本当のことがいえなくなり、罪の意識を抱えたまま、大人になってもそれを心の棘として、長らく反芻していたのではないだろうか。

親しい女友だちに、それまでに閉ざしておいた心の秘密を打ち明けるように語ったということだが、今になってみると、ほほえましい少女時代の失敗譚としか思えないが、人間、誰でも一つや二つ、こんな秘密の恥や罪を背負っているものではないか。

津島さんの自宅に、何人かといっしょに最期のお別れに行った時に、生前の彼女の打ち明け話として披露していただいたのだが、いかにも津島さんらしいエピソードとして、心に残ったのだ。狐色の、こんがりとした油揚げの色とつややかな香り。健啖家の津島佑子さんらしい挿話として、楽しく（そして悲しく）聞いたのである。

狐の仔とか、狼になりたし、というのは私の勝手な付け足しである。『笑いオオカミ』という長篇小説の題名に使われていることからでも分かるように、津島さんはオオカミが大好きだった。一匹狼、荒野の狼、狼疾の人、豺狼《さいろう》の心。どれをとっても、あまり津島佑子さんには似つかわしくないようだが、自らを心に任ずるに、猛々しく、孤高で、餓えた心を持った狼少女という自己イメージを手離そうとはしなかったのではないか。

本当の姿が、少し可憐で、少し臆病な、優しい心根の狐（まるで報恩、子恋の母狐、葛の葉）のような存在であったとしても。

数人の仲間たちといっしょに中国の西域を旅行した。三蔵法師ならぬ津島佑子の、その西遊記の旅行の一つの目的は、オオカミの裘《かわごろも》を手に入れることだった（私は猪八戒の役回りか）。新疆はカシュガルの砂漠の真ん中にあるような市場でそれを見つけ津島佑子さんは、さっそくそれを購《あがな》い、至極ご満悦の体《てい》。それを見ていた旅仲間の一人も、決して安価ではないオオカミの毛皮をその市場で買って、市場中にどよめきが走った。鐘一つ売れぬ日はなし江戸の春ではあるまいし、新疆ウイグル地区の田舎市場で、そんな高価な品物を、日本人たちが争うように買ってゆくことに驚いたのだ。

隣の店の前で、私の袖をしきりと引っ張る人がいた。別の店のおばさんが、「あんたは、まだ毛皮を買ってないじゃないか！」と、私を叱りつけるようにいうのだった。

ニューヨークで二機の飛行機が貿易センタービルに突入した九・一一の翌日、私たちは（津島佑子さんと私と四人の仲間たち）は、飛行機でウルムチまで飛び、カシュガル、ホータンへと、タクラマカン砂漠を車で縦断する旅に出たのだ。

楽しく、思い出深いこの西遊記の旅で印象深かったのが、津島さんのオオカミ（の毛皮）への執着だったのだ。狼や熊や山猫といった、少し獰猛な生きものたちへの共感を津島佑子さんはその作品のなかで隠さなかったのだが、この獰猛な性格と裏腹に、きわめて繊細で、柔弱な小型獣のような弱さ、優しさ、思いやりの強さがあったと思われる。

だから、本当はオオカミは津島佑子さんには似つかわしくない。六義園の捨て猫や、トカゲや糸ミミズたちのような小動物のほうが彼女の作品世界にはふさわしい。だから、狼少女になりたかった狐の仔である作家は、心優しく、傷ついた少年少女を主人公に、『笑いオオカミ』のような作品を書いたのである。

人間の子供たちにとって、そして小動物たちにとって世界（社会）はまさしくジャングルである。厳しい生存競争と、弱肉強食の現代社会のなかで、猛々しく、獰猛な心を持たなければ生きてゆくことはできない。仔羊や兎や子猫のような生命力では、この怒濤の渦巻く、嵐のような現代社会で生き抜いてゆくことはできないのである。ましてや、地震と津波という災厄が続けて襲い、原発事故による放射能雲が空を覆い、放射能雨が降り注ぐ現代日本の現世社会である。すべからく犲狼のような猜疑心と警戒心、犬狼のような勇猛心をもって世界と、社会と戦ってゆかねばならぬのだ。そのためには、賢さと勇気と、そして少しのお金と仲間たちが必要だ。颯爽としながらも、実は少し心弱い狼少女としての姉の後を、少し遅れてついてゆく愚鈍で怠け者（で酒飲み）の弟というのが、私の役回りだったのだ。

もっと西へ！、私たちの西遊記の旅は続いた。砂漠に林立する風力発電の風車の巨人たち。火焰山脈に立ち上る陽炎の悪魔の熱風。そうと思えば、天山山脈の天池の、氷雪地獄もかくやと思わせる極寒の氷雪鬼。一足先に、もっと西方まで行ってしまった津島佑子さん（しまった、彼女はクリスチャンで、抹香臭い仏教は嫌いだった！）。少し遅れてから、じきに行きます。天国の少し手前の四つ辻で、道に迷っていてください（こんな時、方向音痴もいいものです）。追っつけ、私を含めて、仲間たちが何人も行きますから。

［対談］なぜ、小説か

津島佑子・川村湊

川村　私が司会っていうのも変ですけれども、まず津島さんに話していただいた［対談に先立って講演が行われた］ので、私のほうから口火を切ることにいたしたいと思います。いま津島さんのほうから、新作、まだ本になっていない作品について、自己解説といいますか、創作の秘密というものを話していただいた。小説家はあまり自分の創作の秘密とか過程をしゃべらないほうがほんとはいいんじゃないか、私は一般的な意味でそう思っておりますけれど、今日は大サーヴィスというかたちで話していただいたんだというふうに理解しています。ただ、申しわけないんですけど、私は文芸評論家で、時評もやっているんですが、いまお書きになっている『火の山』はまだ読んでおりません。たしか連載のとき、短期連載というふうに書いてあったんですね、ああ、これはすぐ終わるんだろうな、終わったらまとめて読ませていただこうと思っていたんですけど、なかなか終わらないで、それで大長篇になってしまった。創作の秘密とか、創作の過程とか、聞いているとなにしろたいへんおもしろいんですけれど、ただそれを聞いてしまうと、どうしても作品を読むときに、その本人が喋った言葉が頭に残ったりして、純粋な鑑賞のためにじつはやや邪魔になることがありまして、聞かなきゃよかったかな、聞かないほうがほんとはいいんじゃないかという感じもいたしました。ただ、きわめて明確なテーマとか、書きはじめるきっかけの話をしていただいたわけで、たいへんよかったと思ったわけです。今日は「なぜ、小説か」という題名がついていたんですけど、この題名がなぜついたのかよくわからないんですが、津島さんはいかに小説を書くか、そういう具体的な文学観の定義みたいなものについて話していただいた。たぶん津島さんの場合、これはきめつけていうのは問題なんですけれども、方法論とかそういうものを、書くときはそれほど意識なさっていないんではないか。いまのように、書きあげて、その最後の、さきほど興奮なさっているとおっしゃいましたけど、たぶんそういうときにいちばん自作をよく認識していらっしゃるんじゃないかと思うんですが、書くまえから、今日お話しなさったようなこともある程度意識したりなさっていて、そういうかたちで書きはじめるものなんでしょうか。

津島　一応、それは書きだすまえに考えてますけど（笑）。そんな自然に書きはじめるってことはありえなくて、作業しながら考えていくタイプだから、むしろ最初の一枚目ですね。それをとにかくもう五十回でも書く。たとえば今日ここにもってきた『かがやく水の時代』、これは一人称つかっているんですけど、最初の五十枚くらいをずっと三人称で書いてたら、どうも三人称ではうまくそぐわないなと思って、書きなおしたりしています。実感として、こう自分の頭のなかにあって、なにか言葉にできないけど、こういうものを書きたいんだ、それにそぐわないな、あっ、これだったらわりとぴったりくるかなとか、そういうのはほとんど勘なんです。書いてみないとわからないものだから、とにかく書いてみる。ここでは現在形をつかうかたちにするとか……。どういう形式にするか、それはもちろん模索であって、川村さんがそれを考えるって行為じゃないっておっしゃるならたしかにそのとおりで、むしろかなり感覚的っていうか、そんな直観に頼っている部分は大きいでしょうね。

川村　津島さんが考えないというんじゃなくて、それほど方法論的にまず意識しないところからはじまっているという意味だったんです。さきほどの話にも出てきましたけれども、津島さんとそれこそ朋輩っていうか、柄谷（行人）さんが朋輩って言葉でいったような中上健次さんがいて、この中上さんなんか、作品の大部分はほとんど印刷所の校正室でできあがったんじゃないかと思うくらい、ぶっつけ本番っていうとわるい言葉になるけれど、いい言葉でいうとシャーマンのごとく、なにかが自分にのりうつり、それでもう一挙に小説を書いてしまう。それまでもむろんなにを書こうとか、こういうことを書こうとか、いろいろあったんだろうけれど、悪魔なのか、神なのかわかりませんけれど、なにものかが降りてきて、一気にこう書いてしまうような、そんな人なんじゃないかと思っているんです。津島さんの場合も、中上さんとはもちろん作品的にはいろいろ異なった点も多いし、本質的にちがう立場があるんですけど、書きかた自体はどこか共通しているような気がする。つまり、神が降りてきたようなかたちで一挙にまとめてしまう。そしてそれがのりうつってるあいだは、ある意味ではもうなかなかとまらないまま、それこそ半期くらいの短期連載で終わるはずが、ずっと、延々一年間にもなっちゃうのかな、と考えているんです。

津島　はい（笑）、わかりました。

川村　だから津島さんの場合、小説の方法とか小説の内容とか、そういうものを意識していても、それを意識しないように、無意識にするような技術というか、力をもっていると思っているんです。

津島　小説家はある意味では自分が書くものを選択できないって考えかたですね。自分はいろんなことをできるんだけれども、理論的に、これを書くべきだからこれを書くんだって選択はできない。これしか書けないから書いてるんだって、なにかそういう感じですね。いま、中上さんの名前が出ました。彼はさっさと私たちのあいだから消えてしまったけれども、私、彼にもし会えたら、いいたいことがいまだにあるんです。ちょっといまの話と似たようなことなんです。個人的なことですけど、私の子供が亡くなったとき、私はそのあと子供を亡くした母親ものっていうのかしら、それを書いていたんですね。なにかのときにバーで中上さんに会ったら、彼は酔っぱらうとからむ人ですからね、おまえはねえ、自分のそういう個人的な体験、しかもものすごく重い体験のはずなのに、それをまたすぐ売りにしていいと思っているのか、とそうからんできたんです。まぁ酔っぱらいを相手にしたってしょうがない、自分の仕事で答えるべきことだろうと思ったから、そのときはとくに反論しなかったんですけどね。これは何年か経ってからいいかえしてやろうと思って、手ぐすねひいて待っていたら、いなくなっちゃって、いいかえせなくなっちゃった。それがたいへん心残りなんです。

私が中上さんにいいたかったこと——たとえばここにひとりの絵描きさんがいて、その絵描きさんがほんとうに愛していた、奥さんでもいいし、子供でもいいんですけど、そういう人が突然なにかで亡くなったとしますね。絵描きさんはそういうときになにをするか。やっぱり、その死顔をまずスケッチするだろうと思うんです。それはもうはたから見れば、こんな悲しいときに、なにばかなことをやっているんだっていわれるような行為かもしれないけれど、やはり絵を描く、描いてしまう……。絵を描くことがもうその人の、なんていうんだろう、すべての行為になっている。そういう人間にとっては、ただひとつの意味ある行為として、最愛の人の死顔をとにかくできるかぎりスケッチしておく。もうそういう人間になってしまっているんですね。そういう表現をもたない人は、愚痴をこぼしたり、泣いたり、お経をあげたりとか、いろんな行為ができるんだけれども、絵描きさんだったらスケッチするんじゃないか。それと同じ次元で、小説家という人間だったら、やはり小説を書くという行為で、自分の思いをとにかく普遍化していくことしかできない。その意味で、もし選択できるものだったら、それは避けたい。だけど選択できるものじゃなくて、いまはこれをやるしかないんだっていうことで、それがみっともいいか、みっともないかなんて判断は関係ない。もうちょっとべつの次元の話でやっているんだということをいいたかったのね。そういうことをいま思い出した。

川村　私の考えだと、それは中上さんが津島さんに嫉妬したんじゃないかという感じがする。『真昼へ』とか『夢の記録』がいまおっしゃった作品だと思いますけれど、なぜ津島佑子だけにそういうテーマが降りかかってくるんだと。中上さんだって、いろんなテーマが降りかかってきたんだと思いますけれど、ただ彼の場合、ある意味では昔のテーマをくりかえしていたような部分もないことはなくて、現在の切実なテーマというのがどこかで希薄になったんじゃないかな……。まぁ、いない人の話をしてもしょうがないですけれど。その意味では津島さんがうらやましかったっていうか、嫉妬していたのではないか。津島さんもさっきいったように、生きることと書くことがどうしても重なってしまうし、身のまわりにいろんなかたちの、死なら死という、小説のテーマにはもってこいの、なんていいかたをしたら不謹慎になるかもしれないけれど、そんな要素がひきよせられてくる。中上さんはそういうことにかんして、嫉妬って言葉がいいかどうかはべつとして、なにかそういうふうな感情をいだいていたんじゃないかなと思うわけです。

津島　うーん、わからないけれど、ほんとはまじめなところでそういうことを話しあいたかった。残された思いとしてはそれだけなんです。要するに、選択できないよってことだけをいいたかった。そんなに小説の本質が理性的なものであるはずがないと思ったし、彼自身のなかでそれがどういう問いとしてあったのか……。

川村 たぶん選択できないものが作家のなかにあるとして、それをどう受けとめるかということ自体、その作家のやはりひとつの選択だと思うんです。それは一見意識的であるようだけれど、じつは無意識であり、また無意識であるようだけれども、ものすごく意識している、そういうプロセスじゃないかと思うんです。とくに津島さんの場合、作品の系列をずっとならべてみても、ちょっと単純というと具合がわるいんですけど、原始的といえばいいかな、たとえば水なら水、火なら火、光なら光——小説の題名を見ても、だいたいそういう根源的で、原型的なものがまずあたえられていますね。たとえば水なんていう言葉だと、水がつく作品にはわりあいと津島さんの私小説的な主人公が出てきて、子供が死んじゃったり、水で死んだ父親のことが書かれてたりしている。『水府』や『かがやく水の時代』なんかがそうですね。火ということになると、今度はいくらか物語的になる。『火の河のほとりで』や今度の『火の山』のように。そして炎がどんどん燃えあがってしまって、あのように長くなるのか、そのあたりをお聞きしたいなと思っていました。

津島 いま、にわかにいわれても（笑）。

川村 たぶんそう意識なさっていると思うんですよ。あるいはその、どこか津島さんのなかにはたしかにあるんだけれど、それを意識化してしまうと、いかにもそういうことで書いてますみたいなことになるから、意識しても、むしろそれを無意識にしてしまう。それが小説家の力なのかと思うんです。はずれてるでしょうか（笑）。

津島　ただ感心して聞いているんです（笑）。

川村　評論家はなさけないから、論理で、意識化して、なんとかつじつまをあわせようと思うんですけれども、ところが小説家というと、えっ、ん、そうかな、とか……。たまたまうまくあたってる場合は喜んでもらえるけれども、はずれたら怒られたり、いやがられたりする場合があるんです。ただ、小説家のなかには意外と無意識な部分と意識的な部分とがあって、くりかえせば、そのバランスをとるのが作家の力量。

津島　もちろん無意識はありますよね。私の場合、原稿用紙に万年筆で、それこそ原始的な手段で小説を書きつづけてるんですけれど、とにかく桝のひとつひとつに文字を書いて、われながら辛気くさいことをよくやっているものよと思います。なぜそうまでして言葉をつらねて書かなきゃいけないのか。自分のなかにある、もやもやした、なにかこんなものを表現したい……。それはふつうの次元の言葉、たとえばいま、川村さんにわかってもらおうと説明しようとしても、その次元の言葉では説明できないんですね、どうしても。でも、自分のなかにこのように存在している。それは書き言葉でとにかく表現するしかない。自分じゃすごくわかっているんだけれども、それを表現させるためにはとにかく書くしかない。それをまたどんなかたちで書いていけばいちばんよく伝わるか、自分なりにいろいろと理性的に計算しているつもりなんだけど、よく考えたら、根拠なんかどこにもないわけだから、自分のもうそれこそ勘ですよね。その勘ってなんだろうってほんとに思うんだけれど、そこらへんはいろんな過去の経験やら運命の集積なのかもしれない。よくわかりませんけれども、そのあたりを磨くのが小説家の修業みたいなものかもしれませんね（笑）。

川村　中上さんと津島さんはやっぱりどうしても同じ世代で、なんといっても世代っていうのはひとつの文学世界としてあると思いますね。津島さんも手書きで原稿を書くし、よく知られてますように中上さんも罫紙にこうびっしりと文字をつらねた、手で書く世代なんですね。われわれの世代から、いまここにいらっしゃいます若い世代は、もう完全にワープロ、パソコン世代で、私もそれで書いていますけれど、津島さんたちはたぶん手で書くことの重要さというか、そういう部分をやっぱり大切にしている。だから、理性と、いわば非理性みたいなものと、その両方をきちんともって書いている世代ですね。もうそのあとになると、原稿用紙自体をまず機械のなかに入れてしまって、画面に出てきたものを目で見て確認しながらやっていく。もちろんそれがいいとかわるいとかじゃないんですけど、やっぱりなにかちがいがあると思うし、津島さんがこれから、ただの文房具としてワープロをつかおうがパソコンをつかおうが、そのこと自体はすこしも問題ではないにしても、いま手で書いていて、その手の感触がたしかにある。これは理性と非理性のどちらの側にも、身体で触れながら書いてきた世代なんだろうと思います。

津島　ほんと、文房具の次元の問題だよって、それはそうなんだろうと思うんですけれども
ね。一種のフェティシズムっていうのかな、原稿用紙の罫の色が薄緑だったら、ロイヤル・
ブルーのインクで書くとこういう感じで、おっ、これはいい、やっぱりブルー・ブラックな
んて嫌だよねとか、そんな次元のこだわりからはじまったりしてるんです。それで漢字を書
いたり、行をかえたり。まぁワープロだっておもしろいと思うんだけれども、なんでしょうね。

川村　いろんな意味での距離ということをおっしゃられたけれど、手書きとワープロではそ
の距離感がちがうと思うんですね。

津島　自分のへたな、きたない字で書いているわけです。そのきたない字で、たとえば火な
んていう字、単純だからごまかしやすい字かもしれないけれど、言葉の重量感というのか、
それが多少はちがうかもしれない。だってゲラがあがったときに見ると、ちがいますものね、
字の感じが。へたな字だとたいしたことが書いてあるようになかなか思えないですから（笑）。

川村　昔、漢字を憶えるときに、火なら火っていう字をノートに何回も何回も書くんだけれ
ども、だんだん書いているうちに字のかたちがかわってきたり、やっぱり全部ちがうわけで
すね、火という漢字自体が自分のなかでもちがう。ところがワープロの場合、キーを押せば、
まったく同じ字が何十でも何百でも出てきてしまうんです。これは文字にたいする距離感が
かわってくるか、かわってきているんだろうと思うんです。じゃあ、それはそんなに重要な

ことか、といわれてしまえばそれまでなんだけれとも、いろんな面で、言葉との距離感がやはり機械で書いていくなかでちがってきている。

津島　さっき川村さんは原始的っておっしゃったけれども、火とか水とか風とか、そんなイメージをまずもってきて、それをひろげて書いていくのが、私の原動力になっていて、わりとそういうパターンで小説を書くことが多いんです。もっとも、イメージっていうとどうも抽象的になるのだけれど、抽象的な次元じゃつまんないですから、あくまでも具体的なものとしてあつかっていくというか、見すえて書いていきたい。いまおっしゃってた言葉というものも、私にとってはそれと同じなんだろうと思うんですね。言葉も抽象的なものではありながら、でもやっぱり、さっきもちょっといいましたけれど、私個人のもののいいようとか、ボキャブラリーがあるわけです。川村さん自身のボキャブラリーも、川村さんの人生と切りはなせるものではなくて、それはまさに川村さんの言葉としてあるはずですよね。その意味で、書いた文字にも同じようなことがある。文学展なんかに、有名な作家の原稿などがかならず出たりして、いまはもうできなくなっちゃったんじゃないかって、みんなでよく愚痴をはさんでいってますよね。フロッピーをながめたって、おもしろくもおかしくもない（笑）。そんな原稿がなんでおもしろいのか、そんなのもう時代遅れだよ、といっちゃえばそれっきりなんだけど、やっぱりおもしろいんです、見ているとね。あるいは古い手紙にしても、あのおもしろさは人間が人間であるかぎり、どんな時代になってもやっぱり残るんじゃないかな。

川村　さきほど文学と距離の話をなさったけれど、たとえば日本とフランス、日本と外国、異国——文学がそういう文化的距離と関係が深かったことくらい、おそらくだれでもわかっている。でも、文化といったり、あるいは言葉、文字というふうな言葉でいってしまうと、すごく抽象的な話になってしまうわけです。これがテーマです、なんていうと、ほんとうにテーマ小説みたいになっちゃうわけで、それをいかに自分のなかで体験化っていうか、身体化、血肉化していくか、それが小説を書くことの意味だと思うんですね。抽象化したものを抽象的に書く小説もあるのかもしれないけれど、そういうのはちょっと小説として読んでいても、体験できないっていう感じで……。私の場合はべつに小説書いていませんし、読むほうなんですけれども、読むときにそれが体験できるか、参加できるかってことが、やっぱり小説のよしあしとか、おもしろいかおもしろくないかの基準になってしまう。簡単にいうと、物語に感情移入ができるか、自己移入ができるかってことなんです。ただ、たんにその移入だけじゃなしに、どこまで身体化、体験化できるか……。書いている人間からすれば、文化なら文化の差にしても、文化って言葉を一回忘れて、体験したものでなければやっぱり表現できない。たった一年ともいえるし、たった十年とも、たった一か月ともいえるわけですけれども、その時間で、ほんとに文化の差みたいなもの、あるいは差じゃなくて、なにしろそういう文化があるんだってことを体験できたら、それは読者にとってもちゃんと体験化して、身体化して、よりよい作品になるんだろうなと思うんです。

津島　いま、この舞台はいつのことですってことわらないで書く小説のほうが多いですね。それはだいたい現在、あるいは去年あたりの話だな、と思って読めるときはあまり問題にならないんだけれど、これがたとえば五十年まえとか、百年まえの話を書きましょうって思ったときに、そういう問題にすごく迫られるわけです。要するにふつうに書くとしたら、歴史として残されているいろんな資料があったりするけど、その歴史っていったいなんなんだろう。そこでは個人の顔というのはなかなか出てこないってことがあって、そういうものに呑みこまれないで、なおかついろんな社会の変動とか、それを欠かすわけにはいかないですから、そんな要素もとりいれつつ、だけどそれを公式通りに書いたってしょうがないし、退屈なだけですから、個人、ひとりひとりの人間のなかにはいっていって、そこで書いていくってことをしなければならない。そうでなければ読者たちも、そんなの嘘っぱちだろう、あるいはそんなのおもしろくもなんともない、それくらいだったら、論文のたぐいを読んだほうがよっぽど早いわっていわれることになってしまうわけです。小説としてなりたたせるためには、そのあたりで、社会や政治のこともふまえながら、それをいかに越えていくか、あるいはいかに沈んでいくか。どっちでも同じことだと思うんですけど、そういう課題をつきつけられて、それに成功することはきわめてまれだった（笑）。それくらい手強い相手ですよ、でも、それをやりたいってこともあると思うのね。

川村　われわれだったら、そういう距離のあるものに直面したときに、ふつうまず立ちどまって、どれくらい距離があるのかなと測ってみたりすると思うんですけど、津島さんの場合、測らないまま、その距離のなかに飛び込んでいったりする。これがいちばん最初にいった、あんまり意識的ではないんだろう、考えないんだろうってことなんですけれどもね。原始的とか、わるい言葉をつかってしまいましたけど、けっしてわるい言葉のつもりではないわけで……。

津島　そこでよりどころになっているのは、たとえば人間にとっての火ってなんだろう、それこそバシュラールじゃないけれど、これはそんなにかわらないって確信がある。百年まえの人が火にたいしていだくなにか——現代の日本人、私たちの火にたいする思いっての は、ガス・ストーブも消えちゃったし、エア・コンディショナーで暖房するようになったり、火が日常的には遠くなったとはいえ、絶滅したわけじゃないですから、火にたいするなにかはまだまだ生きているし、火事だってやっぱり多くて、ああいうのをたまたま目撃すると、やっぱり原始的なある種の畏怖感というか、恐怖と畏敬の念をもつ。これはどうしようもない。何十年ローンでやっと建てた家ですとか、火はそんな人間のちっぽけな事情をいっさい無視して、ごうごうと、ただそれを自分の餌にして燃えあがるのみ。そんな炎を見ると、これだけ現代的な生活をおくっているつもりでも、やっぱり畏怖の念がわきおこってきますよね。それをよりどころにしたいと思うのが、ちょっと原始的っていわれる理由なのかしら……。水にしても同じで、水と人間の関係もかわらないんじゃないかな。あるいは風にしても、いろいろな風があって、台風の風もあるし、そよ風もある、突風、竜巻もあるし。自然現象です、ひとことでいっちゃえば。そういうものをたよりにすれば、百年くらいは簡単にタイムスリップできる(笑)、なにかそういう気持があるんですよ。だけどその一方で、もっと理論的なものに頼ってたら、これはとても五十年だってもどれないだろうって気もする。人間って刻々と確実にかわっている。話しかたにしても、スピードがすごく速くなってるでしょう、三十年前とくらべても。感覚もかわるし、日本人の若い人たちは体格もかわってているし、とにかくどんどん変わってきている。でも、そういうところを見つめていると小説がなくなっちゃうから(笑)、やっぱりかわらないものを据えると、なにか自在に動けるような気がするんです。

川村　昨日の夜でしたか、NHKの衛星放送で小津安二郎の『東京物語』をやっていて、東山千栄子演ずる母親が、そうかねえ、とかなんとかいって、ものすごくのんびりした話しかたをしている。そうか、あのころ、昭和二十八年くらいのことだけど、こんなにのんびりと話していたのかと思って、あらためていま、私なんかもそうなんですけど、早く終らないかなって思ってこんなに早口でしゃべってしまって……。

ここでちょっと話をかえますけど、このまえ津島さんからご本をいただきまして、開けてみてフランス語の本らしいんですけど、私はフランス語も英語もわからないので、こういうものをいただいてもちょっと猫に小判かなと思って、あらためておうかがいするのもなんですけれども、あれはいったいなんの本なんでしょう。

津島　わざとらしい（笑）。あれはアイヌの、カムイ・ユーカラをフランス語の大学院の学生たちに翻訳してもらって、私が監修するってかたちで実現させた本だったんです。さんざん苦労してやっとこさできた本で、それがうれしいから、もうやみくもにいろんなかたにお配りした。じつは、フランスに一年間いたときに、学生になにを話せばいいかなって思い悩んだんですね。芥川とか川端とか、そんなラインナップだったら、これはもう当然習っているはずで、私がわざわざフランスまで行って話すまでもないだろう。自作について語ってもいいっていわれたけれど、それじゃ一年間どころか、一時間くらいでつきちゃうだろうし、なにを持続して紹介したら、いちばん学生たちにとって、日本の近代文学を読むためにも役にたつかなと考えて、どういうわけか、中世の説経節と、アイヌのユーカラを思いついたんです。それはいったいなぜっていわれても、私はまた説明できなくなっちゃうんだけれど（笑）。要するに、近代文学って枠で読んでいると見えないものがある。でもその見えないものに、日本の近代文学がかなり支えられているのが実際の姿なんじゃないか。その見えないものは、日本人であればどっかでなんとなくわかってる部分があると思うけれど、外国にいるとなかなかそれはわからないかもしれない。そもそも口承の物語がとても豊富にある国だとも思うんです。それにアイヌのユーカラなんて、たぶんフランスではぜったいに教わらないだろう。これはお隣の文化です、それでも日本の民話を見ても、おたがいにたいへん影響をあたえあっていることがわかるし、日本の文化はこういうものと隣りあわせているんですよってことも知ってもらったらいいんじゃないかなって思ったんです。それが発端だったんです。それで大学でとりあげたんですけど、学生たちもはじめはびっくりしていた。ちょうどソ連が崩壊するってニュースを毎日やっていたころですね。ゴルバチョフがクリスマスに演説した、なんていうのを一方の耳で聞きながら、外に出れば、出稼ぎっていうのか、自由化した東欧の人たちが溢れている街を歩きながら、もう一方ではアイヌのカムイ・ユーカラと、それから中世の説経節でしょう。そしてもうひとつあったんです。宇津保物語のダイジェスト版をつくるという仕事があって、それを家に帰ると机でやっている。学校に行くと、今度はユーカラだ、説経節だ。だから頭がまったく分散しちゃって（笑）、なにかすごく不思議な状態ではあったんですけれど、でも、おもしろかった。

川村　それが津島さんのスタンスですね。今日のタイトルの、なぜ小説かって、裏がえしていえばなぜ小説でないものではないのか、ということになるわけで、もちろん津島さんは小説家だけれども、小説家だからこそ、なぜ小説でないものではないのか、という問いを当然もつんじゃないか。ほかの人たちはなかなかもたないですよね。小説という形式に安住しているというか、日本近代文学は小説がずっと中心となってきているということがあって、本来はどこかで小説でないもの、とくに日本文学の枠内で、近代小説といちばん対極にある形態としたら、アイヌの口承文芸――このユーカラは日本語ともいえないし、日本語でないともいえない。しかも口承文芸ですから、文字、形のないものである。文化的な面でもかなりちがって、しかしどこかでつながっている。いま、近代文学っていうのは外側から、いろんなものに支えられているっておっしゃったけど、その支えられているいちばん根っこのようなものにたいして、いわば無意識にひきよせられていったんじゃないかな……。やはり、それが私のいう、津島佑子＝無意識文学論の骨子で、どこかそういうものにひきつけられていく津島さんのスタンスがある。だって、ふつうならユーカラなんてやらないと思うんです。やるからにはまたそれなりの明確な意識があったり、自覚的にやるんですけれども。

津島　われながら、無謀だったと思いますよ。だって、なにも知らないんです、自分自身が。ユーカラについては、アイヌ語だってわかっちゃいないし、だけど結局、なりゆきで、むこうの出版社が興味をもってくれたんですよ。こっちにとってはあれよあれよって感じで、ほかにだれもいないから監修をやってくれないかといわれて、最後にもうしょうがないと、ほんとにもう無謀からはじめて、無謀のままできあがった本です。説経節もそうですけど、ではなぜ、そういうものに手をつけるかっていうと、端的に、やっぱりおもしろいからなんですよ。想像力のありかたがたいへん刺戟的で、おもしろくって、ずっと日本の近代文学を読んできてなかなか満たされなかったものがここにあるんだなって感じで、興奮した。私は残念ながらテクストとして読んだのですけれどね。耳ではじめて聴いたって経験からはいりたかった。ただその想像力のありかた――たとえば兎がいると、その兎に、兎の語りを語らせる。兎さんがぴょんと出てきて、あっ、今日はいいお天気だから私は散歩にいきますよ、というような語りだしからはじまるわけです。歩いていくと、わるい狐がいます。わるい狐にこうやってだまされて、やっつけてやります。このような、たいへん乱暴ないいかたしちゃってますけど、昔々あるところに兎がいました、というような語りではなくて、私は今日、散歩にいきます、という現在形なんです。一人称、まぁ四人称とも専門家のあいだではいうらしいですけれども、ある存在に託した一人称ですね。それも私にはとってはおもしろかった。説経節の日本語も、これは一人称からもう離れてますけど、やっぱりリズムで聞かせるスタイルね。書き言葉に私たちは支配されきってますから、音で味わうというか、知るという感覚が擦り減っちゃってるところがある。だけど実際には、私たちはたとえばいま、こうしてたがいの話を聞くときに、その人の声とか、リズムとか、やっぱりトータルで受けとめていると思うんです。あの説経節がどういうふうに歌ってたのかな、といっしょうけんめい想像しながら、こちらは残念ながらテクストを読むしかないんですけど、そこにすごい刺戟的なおもしろさがある。それをなんとかとりもどしたいっていう感じですね。

川村　近代文学はどうしても書き言葉と文字に頼る。しかも近代文学の読者は音読から黙読へ移行していった。昔の人はよく新聞でも雑誌でも声に出しながら読んだわけですが、いま電車のなかでそんなことをやってたら、あの人おかしいと思われる。すっかり黙読という習慣になっちゃったわけです。書くほうも同じで、自分で言葉を声に出しながら書いていくのと、さきほどのワープロみたいにあれはやっぱり文字を見ているだけで……。もっとも、私の場合なんか、わりと自分のなかでつぶやきながらキーボードを押していくこともあります。そんなふうに、やはりいったん声に還元されるようなものが近代文学を支えているんだと、そういう感覚というか、感触がまだ残っている。アイヌのユーカラにしても、説経節、宇津保物語にしても、きわめて本格的な作品、物語だといわれているわけですね。それにたいして、近代文学のスタイルはけっしてそこから進化論的に発展してきたものではないし、アイヌのユーカラだって、津島さんの作品だって、同時的にある。そういう幅がなければ小説文学もやはり衰退していくんで、ちょうど動物が塩を舐めるみたいに、作家の生理みたいなものがそういう対象にむかわせているのかなと思って、あの翻訳本をながめたんです。フランスでの評判はどうなんですか。

津島　編集者によれば、評判がいいんですってことだけど、はたしてどの程度（笑）。出版社がガリマールという大きなところなんで、無責任にはあつかわないと信じているんですけどね。もし興味ありましたら、ガリマール社のアイヌの本がほしいといえば、ほかにないですから、たぶんそれで通じると思う、ちょっと高い本ですけど。でも一般的な興味はなかなかやっぱりひかない。残念ながら、それが現実でしょうけれど、この本を大事にしてくれる、そういうものはあると信じているんです。つまり日本の状況を考えると、日本のほうがよっぽどお寒いわけですよ。社会的な視野で政治的発言をするとか、行動するとか、私はそういうことからむしろ縁の遠い人間だと自分でも思うし、みんなもそう見ていると思うんですけど、そうはいってもそれなりに感じることはもちろんあるわけで、アイヌのことにしてもやはりそうですね。翻訳ってことでも、まず翻訳者がまったく見つからなかった。いうまでもなくアイヌ語からの直訳がいちばんよかったんですけど、アイヌ語からフランス語に直接、翻訳できる文学の翻訳者が見つからなかったものだから、残念だったけど日本語のテクストからの翻訳にしたんです。ところが、みんな日本文学の研究者でしょう、それができる人たちは。頼んでみると、日本の文学じゃないからいやですとか、そんなもの訳したって、業績にならない、と軒並み断られてしまった。これはもしかしたら大変な仕事をひきうけちゃったのかなと思いました。結局、学生たちにグループを組んでもらって、私が指揮をとってやることになって、結果的によかったといま思っているんですけどね。その過程のなかでだんだんアイヌの文学――口承で伝えられたものを文学って言葉でいちおういっときますけれど――その日本でのあつかわれかたにも気がつかされた。岩波文庫でいま二冊ですか。知里幸惠さんのと、金田一さんのひとつがどうなったんでしょう。

川村　ええ、ひとつなくなって。金田一京助の『ユーカラ集』は絶版ですね。

津島　じゃ、ひょっとしたらたった一冊です。しかも外国文学なんですよ。そこらへんもたいへん複雑な論理で、すぐに結論の出る問題ではないんですね。日本文学のなかにかってに入れていいのかってこともいえますし、アイヌ語は外国語なんだから、外国文学に入れるのが正しいという意見もあるわけです。ただし、いま日本国籍を強制的にあたえてしまっている人たちの文化、それを外国文学として現在あつかってもいいのか、それでは無責任なんじゃないのかとか、私もそのあたりの結論がどうなるのかわからないんだけれども、そういう問題につきあたりましたね。

川村　いまのことを私がすこし解説いたしますと、岩波文庫に、知里幸恵の『アイヌ神謡集』というのがありまして、これが赤帯のなかにはいっている。いまは帯がないので、「赤帯」と書いてたりするだけなんですが、赤帯っていうのは外国文学の範疇なんですね。日本文学は青帯です。『アイヌ神謡集』はだから外国文学という範疇になっている。そのことに津島さんが怒りを発して、岩波書店の社長に手紙を出したという話をうかがったことがあります。なぜ赤帯なのか。それで結局、返事は来なかった。

津島　いえ、いちおう、社長が文庫の責任者のところまで行って訊いてはくれたんです。言語学者の見解によると、沖縄語は日本語の一形態と認められているけど、アイヌ語はあきらかに根っこのちがう言語だから外国語、そして言語でわけるしかないのが実情だから外国文学にしている、そういう返事だった。

川村　梅原猛さんはアイヌ語と日本語がきわめて近いといっていますけれど、それはべつとして、フランスの読者、フランスで日本文化、日本文学に関心のある読者にとってみたら、アイヌ・ユーカラも津島佑子の作品も、同じ日本文学の範疇になるだろうし、また日本文学の翻訳がやはり数すくないから、たとえば同時的に読んで、津島佑子の小説とアイヌ・ユーカラの関係について、とかいうような論文がそのうち出てくるかもしれない……。その意味では外側というか、そっちから見たらアイヌ語も日本語も、近代も古代も、もうすべてが同時的に見られる場所ってのがある。あるいはそれしか見られない場所という考えかたもあるだろうけれど、ただそんなふうに見られる場所が、もうちょっと日本の文学のなかにもあっていいと思うんです。

津島　さらにもうちょっとひろげれば、日本では日本文学と、外国文学、それを峻別する習慣があるわけです。たとえば朝日新聞の書評欄なんかを見てても、大枠の書評が一週六本か、八本か、あつかってますよね。で、その欄のメインになるのはもう日本文学ときまっちゃってるようなところがある。もちろん日本語でオリジナルに表現されたものが最優先なのは、当然といえば当然なんですけど、外国文学を出島みたいにあつかう傾向がいまだあるみたいですね。とくにいまみたいな時代になると、いろんな矛盾が出てきている。ロシア文学とひとくちにいってるけれど、ロシアってこれまで習慣的にソ連とイコールにあつかっていた。だけどソ連がぜんぶ分散しちゃったら、それをいちいちウクライナ文学とか、リトアニア文学とかやっているのかなって見ていると、どうもそうでもない。あるいはチェコスロバキアにいけば、チェコ文学とスロバキア文学にわけているかなと思うと、そうでもない。要するにそりゃ対応しきれませんよね、もちろん。その意味で、国わけとか、そういうのをこれからどうあつかっていけばいいのか、じつはぎりぎりつきつけられている現状なんじゃないかな。たとえば、口承文学とか、ジャンルでまとめていくなり、いろんな方法があると思うんですけどね。現状としては、とりあえずいいかげんなところでの国でしかわけていない。アンデルセンの『即興詩人』っていうのは、これは不思議なことに日本文学にはいっているのね。森鷗外が訳しているからってことで、その翻訳がもう日本文学とみなしていいくらい名訳であると。なにが基準なのかよくわからないですよ。

川村　新聞の書評でいえば、私はいまある新聞の書評委員をやってるんですけど、そこでよくいわれるのが洋モノと和モノというので、これは洋モノだ、今週はちょっと和モノがたりないから和モノをやってくれないかとか。リービ英雄さんの本が出て、これはどちらだろう、みんなちょっと困っちゃったけれども、結局和モノになってしまった経験があります。その和、洋の区別にしても、それがどうしても日本文学をべつの意味で立ちあがらせるようなところがあって、まだどこかにそういう装置みたいなものをつねにもっているんですね。ただ、それはもうどんどん、現実にかなり不可能になってきているんじゃないかと思うんですけど。

津島　もう、そういう区別はなくしたらいいと思うんですけどね、実際、そんなふうに混乱していくばっかりだし。私がパリ大学で教えていた学生のなかにも、すごい日本語が達者な子がいて、小説家になりたいなんていうから、リービ英雄っていうのがアメリカから出ているからね、がんばって第二のリービ英雄になんなさいと鼓舞しといたけど（笑）、そういう予備軍はつねにいるわけです。あと十年くらいもすればきっと増えてくるでしょう。だけどその一方で、いたって保守的に、リービ英雄なんか、なんでアメリカで英語で小説書かないのか、彼が日本語で書いたものなんて価値がないって断じる人がいるのも事実です。そういうようなところ、日本文学ってなんですかって、あらためて問いなおす必要があると思いますね。

川村　その日本のなかでの文学、言語とか民族とか、そういうことを考えるきっかけになるはずなのが、たとえば在日朝鮮人文学だと思うんですけどね。それがいままでそういう意味では読まれてこなかった。李良枝とか柳美里とか最近はそうでもないかと思いますが、ジャンルとして、それを日本語文学というかどうかはともかく、日本文学というジャンルそのものを壊すような起爆剤になりうる。そのことがあんまり意識されてなかったんじゃないか。ただもちろん、いわゆる外国人が日本語で小説をどんどん書けばいいっていうと、ある意味では日本語ナショナリズムを外側から強化するってことにもなりかねない。リービ英雄さんは私の大学の同僚なので、あんまりむやみなこともいえないんだけど、そんなことも考えたうえで、やっぱり日本の近代文学、日本の文学をふくらませていく……。これはたしかに必要なことだろうと思いますね。

津島　たとえば私自身は自由につかえる言葉が残念ながら日本語しかないものだから、これから苦労して英語だとか、ほかの言語を習得して書こうって気力もないし、それだったら日本語で、自分の持駒で、もう最大限その可能性を探るし、おもしろさも引き出そうという気がある。それは私の立場だっていうだけの話です。アイヌ語をスラスラわかる人はすくないだろうけど、アイヌ語っていう言葉は現実にあるわけで、自分もそれを愛してやまないし、アイヌ語をよく知っている立場でもある人が、その持駒のアイヌ語で小説を書いたって、それはもちろんその人の選択ですから。ただしその場合、マーケットとしては、お金もうけにはならないでしょうね。その人にとって、お金は二次的な問題だから、言葉ってつねに、そうやって持駒としてなにをとるかということだと思うんです。たとえばフランス語にしたって、ブルトン語だとか、プロヴァンス語とか、アルザス語だとかあって、そういう言葉で書いたっていいわけですしね。ただし、多くの人には読んでもらえないよというだけです。選択というか、愛着の問題だと思うんですね、そういうのは。

川村　日本語にしても、いろいろな方言なら方言を抑圧するかたちで、標準語がいままでやってきた、近代というものにむかってきた過程、そういう問題がさまざまにある。「国語」といういいかたをしたり、国民国家とかいろいろ出てますけど、やっぱり文学のほうでそのあたりをもう一回――標準語ができたから日本の近代文学ができたかというと、かならずしもそうではない。むしろその標準語をつくりだす動き、あるいはアイヌ語を消していく動きのなかで、それにたいする抵抗みたいなかたちでうまれてきた文学もあると思うんですけど、そのへんがまだ純文学のなかで語られていない。そこをやはり意識していかないと、どんどん国民、国家、国民言語的な、ナショナリズム的なものに中心化されていくような気がする。

津島　川村湊さんがやっていらっしゃる仕事、だからその意味でとても重要なことだって、私も期待しています。なんだか、相手のことよくしゃべっている（笑）。

川村　エールの交換ですね。

津島　植民地の問題にしましても、私なんかは戦後のうまれで、戦後の教育しか受けてないものですから、日本の植民地問題っていわれても、なにかぴんとこない。へえ、日本も植民地もってたの、オーバーにいっちゃえばそれぐらいの無責任さというか、無関心ですね。大人たちがなにもいわない、もうまったくぴしゃっと口をとざしてしまっていた環境に育っていれば、それは知らないままで終っちゃいますよ。かなり大きくなってから、日本のそういう戦前、戦中の状態がどうだつたか、はじめてなんとなくわかったけど、まだまだ資料がたりないですから、わからないことが多い。そういうことをぜんぜん知らなくて、それで自分だけの個人的な世界を感覚で書くような小説はどうなんだろうか——植民地問題を書くか書かないかはまったく別問題だけど、日本語で書くかぎり、日本語がかつてどういう政治的な道具としてつかわれていたのかとか、日本語を聞いただけでもう拒絶反応、嫌悪感をおぼえるような人がどこかにいるんだぞっていう意識とか、それはやっぱりもってなくちゃ、どんなに個人的な次元の話を書いているとしても、それはほんとに知らされなさすぎた。これからなんじゃないでしょうか、それは。

川村　津島さんがアイヌのユーカラに関心をもったってことも驚きだったんだけれど、今日お話を聞いて、『火の山』の富士山にも驚きました。『富嶽百景』という有名な近代文学の名作がありますけれど、そういうものがあるにもかかわらず、富士山を書こうという津島さんの無意識（笑）、無防備、これはすごいものだと思いながら聞いていたわけです。われわれはどうしても日本の近代文学の歴史のなかでやっているわけだし、それはあきらかな責任みたいなかたちで、いまの文学者たちにどうしたってかかわってくる。この歴史はやっぱり知らないふりをすることもできないし、またひとつの遺産みたいなものだから、それをもうじゅうぶんにとりいれるか、あるいは否定するというかたちでしか、日本の近代文学をこれからさきの未来につなげていくことはできないんじゃないかと思っているわけです。かなり時間もたちましたし、ではこのあたりで。

一九九七年六月十八日に行われた早稲田大学文学部文芸専修課外講演会の記録に補筆されたものです。

（『早稲田文学』編集室）

註

I　光との戦い

［1］――木村朗子の『震災後文学論』で、高橋源一郎の『恋する原発』（講談社）のなかの記述を受けて、福島第一原子力発電所の過酷事故を作品のテーマとして発表されたものとして、川上弘美の「神様　2011」を「最初の作品」としている。

［2］――これは、『新潮』二〇一二年四月号の特集「震災はあなたの〈何〉を変えましたか？　震災後、あなたは〈何〉を読みましたか？」のなかの一編のエッセイとして書かれた。

［3］――福島、あるいはその近隣県や関東圏から、関西や四国、九州、北海道や沖縄に子ども連れ、家族連れで、避難したり、子どもたちの疎開を進める動きがあったが、それに対する非難や中傷や悪罵が、ネットを中心に巻き起こった。エゴイズムとか、過剰反応とか、異常行動といった非難もあった。夫婦間、家族間でも、避難をめぐって亀裂が生じたり、風評被害などといって、避難を批判するような言説がネット中心に出回った。

［4］――こうしたディストピア小説が、3・11の後に多く書かれるようになった。核汚染後の社会という意味のディストピアだけではなく、性や生殖、ファシズムの擡頭など、さまざまな社会

的要因で、近未来的なディストピアとしての日本が描かれるのである。3・11以前にも、篠田節子の「静かな黄昏の国」のような小説があり、以後には多和田葉子の『献灯使』（講談社）のようなディストピア小説もあった。川上弘美の『大きな鳥にさらわれないよう』（講談社）や田中慎弥の『美しい国への旅』なども、一種のディストピア小説といえるかもしれない。

［5］——津島佑子は、原発事故の直後、国内外の知人にネットでNo more FUKUSHIMA! の呼びかけを行い、賛同者を募り、拡散を願った。ただし、こうした言い方が、フクシマの被災者を傷つけるものであるという知人からの指摘があり、この呼びかけを取り下げたという経緯がある。しかし、もちろん、反原発、脱原発を広く呼びかけるという意志が後退したわけではない。

［6］——折口信夫の『死者の書』は、山越えの阿弥陀来迎図の縁起譚という形式をとっている。阿弥陀三尊が、無量光の光背を負って、臨終の死者を迎えるという信仰である。

［7］——この伝説は佐山融吉・大西吉壽著『生蕃傳説集』（復刻、一九九六年、南天書局）に拠っているようだ。ただし、各部族間で伝承に若干の異同はあるが、一般的には太陽の数は二つとされている。

II　オオカミの記憶

［1］——最後のニホンオオカミについては、『笑いオオカミ』に引用されている平岩米吉著の『狼——その生態と歴史』の記述を基とした。

［2］——この旅行は二〇〇一年九月に行われた。北京を出発点に、ウルムチ、カシュガル、ホータン、カラクリ湖などを回った。同行者は男三人、女三人で（運転手、ガイド別）、四輪駆動車で

タクラマカン砂漠やパミール高原（の縁）を走った。実際の旅行は、オオカミの毛皮を手にいれるのが、主目的というわけではなかったが（「北京、湘西、そして新疆ウイグル」『夢の歌から』インスクリプト、参照）。

［3］——ここで参照されている神話は、『マナス　少年篇　キルギス英雄叙事詩』（若松實訳、東洋文庫、平凡社）によるものと思われる。二〇〇一年九月に初版が刊行された。なお、平凡社の東洋文庫には、『マナス　少年篇』のほか、『マナス　青年篇』、『マナス　壮年篇』も若松實訳で邦訳されている。

［4］——子どもを失って狂人となった母親がシテの謡曲『隅田川』は、観世元雅の作。ワキが渡守となり、ワキツレが京からの旅人となる。

［5］——『笑いオオカミ』の中国語訳は、『微笑的狼』の訳題で、二〇〇一年に刊行された。

［6］——アイゴやキンギョ丸、アイミツ丸などの名前は、説経節の『愛護若』『信徳丸』『刈萱』などの主人公名に由来するものと思われる。アコウ、トランも古代、中世の物語世界に見られる女性名。

［7］——山津見神社の狼・白狼の天井絵の復元プロジェクトについては、「山津見神社オオカミ天井絵復元プロジェクト」のサイトを参照した。

Ⅲ　津島佑子の「大切」なもの

［1］——日本が植民地統治をしていた樺太（サハリン）には、北方少数民族の集合的居住地として「オタスの杜」が形成された。ウィルタ、ニクブン、キーリン、オロチョンなどの各民族が集団移住させられたのである。

［2］——「オロチョンの火祭」や「イヨマンテの夜」など、北海道のアイヌや北方少数民族をテーマに、エキゾチックで、雄渾な歌謡曲が昭和三十年代に流行した。「黒百合の花」などのアイヌの伝説に取材した（という触れ込みの）ロマン的な歌謡もあった。

［3］——短篇の「ジャッカ・ドフニ」には、家を新築するために、家族それぞれが設計図を描くというエピソードがある。長男・大夢の描いた「ぼくの住みたい家」という画が残され、山梨県立文学館で行われた「津島佑子展」で展示された。

［4］——福島第一原発の3・11の事故の後、原発事故をテーマや作品の背景としたミステリー作品が多く発表された。拙論「原発ミステリー論」を参照してもらいたい。

［5］——芥川龍之介の「きりしとほろ上人伝」や「開化の殺人」などの、キリシタンの教えや信者を主題とした短篇小説や、坂口安吾の「天草四郎」や「イノチガケ」のようなキリシタンものの小説をここでは「切支丹物」と呼んでいる。北原白秋などの詩篇やエッセイなどもこのジャンルに入るものと考えてもよい。

［6］——『天地始之事』のテキストは、田北耕也『昭和時代の潜伏キリシタン』所収のものや、日本思想体系『吉利支丹・排耶書』所収のもの、『庶民文化集成』所収のものなどの活字版があるが、ここでは日本思想体系のものを使用した。

IV 〝野蛮〟の思考

［1］——台湾統治の初期においては、北白川宮が戦死するなどの激しい反日武装抵抗、蜂起が頻発していたが、一九一五年の西来庵事件を最後に本島人（漢族）による武装抵抗は跡を絶ったと思われていた。「蕃人」である原住民の「高砂族」が組織だった抵抗運動をすることなどは、

理蕃政策が成果をあげつつあると思っていた統治者側には、想定外の出来事だったのである。

［2］―― 拙論「華麗島という鏡」「コロニアリズムとオリエンタリズム――「冒険ダン吉」の地球儀」（いずれも、『川村湊自撰集4巻　アジア・植民地文学編』〔作品社〕に収録）で、「霧社事件」と日本の近代文学との関連を論じた。

［3］―― 津島佑子の台湾訪問は、二〇〇一年一月の訪台を皮切りに、数度に及ぶ。二〇〇五年十月から十一月にかけて、「日台作家キャラバン」に参加し、台北、花蓮、などを回った。この時に、「キャラバン」一行といっしょに「原住民文化園」を訪れ、民族舞踊、民族料理に触れた（川村も同行した）。翌二〇〇六年五月、二〇一二年二月にも台湾を訪れた。リーリーが、「台湾原住民文化園区」を訪れた場面には、二〇〇五年の「日台作家キャラバン」の時の体験が基になっていると考えられ、『あまりに野蛮な』には、こうした現地での取材、資料収集、台湾作家との交流が作品として活かされていると考えられる。

［4］―― 「霧社事件」に対して、その報復の意味もあり、日本政府・台湾総督府は軍と警察を使って、蜂起した「蕃社」を壊滅させる作戦を取った。それは古い銃や蛮刀や弓などの武器に対して、飛行機からの爆弾や毒ガス、機関銃などの最新兵器を使った殲滅戦だった。抵抗した「蕃社」はむろんのこと、保護・収容した捕虜や女性、子どもたちに対して、他の「蕃社」からの攻撃に目をつぶり、理蕃政策によって禁じていた「出草」（首狩り）を許容し、報償金を与えた。原住民側の死者は、数千人に及んだ。これを「第二霧社事件」と呼ぶ。

［5］―― 比較的親日的であると思われていた台湾で、『セデック・バレ』のような、抗日ゲリラ闘争の首謀者モーナ・ルーダオを英雄視する、「反日」的な映画が作られたことは、日本においても驚きをもって受けとめられた。無抵抗の女性、子どもを含めた殺戮は、まさに蛮行とし

て受けとめられていたからである（モーナ・ルーダオ側にそれなりの言い分はあるとしても）。また、親日的で、日本時代へのノスタルジーの雰囲気のある『海角七号／君想う、国境の南』を監督作品の第一作として撮ったウェイ・ダーションが、「霧社事件」を題材に採った、ショッキングな残虐シーンの多い大作を作ったことは意表をついたものだった。だが、この映画を、日本的な武士道や、ヤクザ映画のパターン（悪人の強悪な仕打ちに、我慢に我慢を重ねた主人公が、自滅、破滅への道筋であることを知りながら、ついに堪忍袋の緒を切って、血戦の火蓋を切る）をなぞったものと考えることも可能で、その意味では、「反日映画」という枠内にくくられるものではないという反論もありうる。

［6］――『高砂族民話集』などに、この「三つの太陽」の征伐譚がある。

V 差別と『狩りの時代』

［1］――『狩りの時代』は、二〇一五年の秋頃から書き始められ、二〇一六年五月から、文藝春秋発行の『文學界』に連載される予定だった。パソコンの最終更新履歴は、二月十一日で作者が息をひきとる一週間前まで原稿に手を入れていたことがわかる。第一稿としてはプリントアウトされたものが残されていたから、推敲、訂正の段階まで進行していたと思われる。作者の死後、冒頭からの一部が『文學界』二〇一六年八月号に掲載され、単行本は八月五日付で文藝春秋から刊行された。本文以外に、津島香以執筆の「「狩りの時代」の発見の経緯」という文章が付載された。

［2］――『桜桃』における「父」と「障害児」との関係については、桐山直人「文学にみる障害者像太宰治著『桜桃』」（『ノーマライゼーション　障害者の福祉』二〇〇九年十月号）を参照した。

〔3〕――太宰治の長男・正樹について書かれた文献は、『桜桃』、『ヴィヨンの妻』など数編の太宰作品と、実の妹である津島佑子の子ども時代の回想などに断片的に書かれているだけである。太宰の妻で、正樹の母である津島美知子の著書『回想の太宰治』（人文書院）には、長女・園子、次女・里子（津島佑子）に触れた文章は見られるが、長男に関するものは一文もない。

〔4〕――ヒトラー・ユーゲント使節団の来日は、一九三八年八月から十一月にかけてのことであり、「ヒトラー青年団」のメンバー九十名が東京、仙台、京都、大阪、福岡などの日本の各都市と、靖国神社、日光東照宮、伊勢神宮を巡り、各地で熱烈な歓迎を受けた。

〔5〕――津島美知子などの証言によれば、園子、里子という二人の娘の名前は、歌舞伎狂言『艶容《はですがた》女舞《おんなまい》衣《ぎぬ》』（三勝半七）の「お園」と『義経千本桜』の「お里」から採られているという。太宰が歌舞伎好きだったからというが、主人公の半七は妻を捨てて、遊女の三勝と心中する。実の娘を捨て子とする場面もある。『義経千本桜』のお里は妻子ある男に恋い焦がれ、身を引く可哀想な女である。そんな歌舞伎芝居からの命名に、太宰の深層心理を読み取ることができると考えるのは、私だけの妄想だろうか。

あとがき

津島佑子さんとは、旅の思い出が多い。エジプトのピラミッドやナイル河の旅。新疆ウイグル自治区を車で回り、そのへりを踏査したタクラマカン砂漠。裸足でその床を踏んだインドのコルカタのカーリー寺院やタージマハールの廟。台北や台東の停子脚の露店の料理屋で台湾料理を食べ、韓国の春川《チョンチュン》の南怡島《ナミド》では昼食にナムルの多いビピンパプを食べたし、積丹半島の旅では、雲丹《うに》だらけの雲丹丼（当たり前だが）をお腹いっぱい食べたものだった（どれほど多くの先輩・後輩の文学者たちが、そうした津島体験を共有していることだろう！）。

グループの先導者（煽動者？）は、いつも津島さんだった。飽くことのない好奇心と行動力と食欲。それと裏腹な方向音痴と迷子癖。私はいつもそんな姉貴の後をついて行く怠惰でズボラな弟分にすぎなかったのだが、おかげでカイロのコプト教会や、ギザのスフィンクス、天山山脈の西域のイスラム寺院、カシュガルやホータンのバザールの西域人、インドの路上生活者などを、実見することができた。津島さんはもちろん、『あまりに野蛮な』や『笑いオオカミ』や『葦舟、飛んだ』や『黄金の夢の歌』のような後期の長篇小説群に、それらの旅の成果を反映させて書いている（それにしても、何と旺盛な創作力だったか！）。それを見て、その作品世界の誕生の現場に立ち会えたことを光栄に思ったものだ。

光や水や音へのこだわりを感性の核としながら、女性の自立的な生の形を描いた初期の小説から、不幸な家庭の悲劇（息子さんの突然死）を経て、日本やアジアの民族的少数者や、その口承的な伝統文化に傾倒していった後期の作品群。現代の日本社会を鋭く見つめながら、アジアの古層的な文化や歴史にも目を注ぎ、戦争や植民地や政治的な問題にも果敢に取り組んでいった。最前衛、最前線の日本の小説家として津島さんはいつも走っていたように思える（まさに『山を走る女』だ）。

ただ、津島佑子の作品には、初期から後期に至るまで、一貫して光輝く華やかさと明るさがあったことは言っておかねばならない。それは『夜の光に追われて』のように、暗い、沈んだ一閃の光芒であったこともあったが、それはすぐに『真昼へ』や『かがやく水の時代』のように、光輝くものへと回復していったのである。

息子さんを亡くし、悲しみに暮れている津島さんを復活させた一つの発見があった。それは、目の前のすべてのものが、死者によって作られたものだという、変哲もない発見だ。街も、橋も、家も、道も、そして思想や言葉さえも、今は生きていない死んだ人たちが作り、この世に残していってくれたものだ。生きている者が作ったものはほんのわずかであり、それらもじきに死者たちの残したものとなる……。

その時に、もちろん悲しみが消え去ることはなかったが、大きくて深い喪失感から立ち直ることができたと、津島さんは書いていた。

文芸誌『すばる』の二〇一五年八月号で完結した『ジャッカ・ドフニ　海の記憶の物語』は、私の生まれ故郷の北海道網走市にある、北方少数民族（ウィルタ族、ニブヒ族）の文化資料を伝える小さな博物館の名前だ（現在は閉館となった）。津島さんにとって、亡くなった息子さんといっしょの旅行の貴重な思い出の場所だったと聞いている。

ジャッカ・ドフニ――大切なものを収めるところという意味のウィルタ語。私たちはいつも遠回りして、やっとその場所にたどり着く。死者たちの残したものを、ひっそりとしまっているところ。生命の根源の場所。光そのものの生まれ出づるところ。津島佑子さんが私たちに残してくれたものを、私のなかのジャッカ・ドフニに大切に収めておこう。

（二〇一六年三月二日）

これは、『毎日新聞』に書いた、津島佑子さんへの追悼文である。「光輝く生命の根源　津島佑子さんを悼む」という見出しが付された。人の追悼文を書くのはあまり好きではないが、津島さんとは文学上のつきあいのほかに、多く、いっしょに旅行したということもあって、引き受けざるをえなかった。

人の死の悲しみをやり過ごす方法として、私は二つの方法を学んでいる。一つは泣きに泣いて、泣き疲れて寝ることである（村上春樹の小説にあった）。もう一つは、死んだことを信じないことだ。ちょっと外へ行って、まだ帰って来ないだけのことだと思い込めばいいのだ。これは津島佑子さんの小説が教えてくれた。

ただ、もちろん、いつかは現実に目覚めなければならない。その時はどうするか。それも津島さんが教えてくれている。この世界のものは、すべて死者が作ったものだ。あるいは死につつある者が作った。ビルや橋や道路や車だけではない。思想や文学もイメージも死んだ人が作ったものを、今生きている私たちが使っている。私たちは、死んだ人たちの作ったものに囲まれて、頼って生きている。そう考えると、死の悲しみが少しだけ薄れてゆくのである。

この本は、津島佑子さんが遺してくれた作品を、私がこんなふうに読んだ、という証明のようなつもりで書いた。もちろん、一番最初の読者は津島さんだ。これらの文章を書いている間、津島さんは亡くなっておらず、「えっ、こんなふうに読んだの？」と言われそうな気が始終していた。津島さんが亡くなってから、新たに書いたものと、それ以前に書いたものとを区別なく、いっしょにまとめることにした。私のなかでは、そんな境界線などないからだ（すべて生者が書いた。当たり前のことだが）。このため、私が津島佑子について書いたほぼすべての文章をまとめることになった。「ほぼ」というのは、以前に「風水のささやき」という津島さんと中上健次の作品を対象とした評論を書き、それを文芸誌『海燕』に掲載し、私の評論集『批評という物語』（国文社）に収録し、さらに『川村湊自撰集』第三巻（作品社）にも収録したので、再々活字化する必要性を認めなかったからである。ほかに、津島さんとの対談、鼎談が二、三あるが、対談を一つだけ、著作権継承者の津島香以さんの許諾を受け、付録のような形で収録することにした。早稲田大学の文芸専修の学生たちの前で、公開対談したもので、『早稲田文学』一九九七年十一月号で活字化したものである。対談の前に津島さんの講演があり、それを受けて私がインタビューするような対談となっている。ここでは、対談部分のみを収録した。対談をパソコンで書き移しながら、津島さんの生身の声を聞いているような気持がした。

追悼文を二つ書き、こうして、追悼本のような本書を書いたから、私にとっての津島佑子は終わったのだろうか。いや、私のなかの津島佑子は、まだ亡くなっていない。彼女の作品が読まれ、それが読者の心を打つ間は、ことふりた言い方だが、津島佑子は私の心の宇宙のなかで生きている。

また、そのうち旅の誘いがやってくるに違いない。津島さん、今度は、どこへ？

（二〇一七年八月二十三日）

追記

この「あとがき」を書いた数日後の八月三十日に、私の妻、川村亜子は享年六十六でみまかった。この本は、津島佑子さんと妻・亜子の二人に捧げる。

（二〇一七年十月二十七日）

初出一覧

Ⅰ　光との戦い――フクシマから遠く離れて……『群像』二〇一七年三月号

Ⅱ　オオカミの記憶……『津島佑子　土地の記憶、いのちの海』(河出書房新社、二〇一七年一月)加筆

Ⅲ　津島佑子の「大切」なもの……『すばる』二〇一六年六月号

Ⅳ　〝野蛮〟の思考……書き下ろし

Ⅴ　差別と『狩りの時代』……書き下ろし

Ⅵ　言葉という羽根……『新潮』二〇一一年十二月号

Ⅶ　富士には月見草がよく似合う……『富士山と日本人』青弓社、二〇〇二年五月

Ⅷ　光・音・夢……講談社文芸文庫『光の領分』解説、一九九三年九月

Ⅸ　「物語」の光……講談社文芸文庫『夜の光に追われて』解説、一九八九年九月

Ⅹ　水の光……河出文庫『水府』解説、一九九〇年七月

Ⅺ　〈地霊〉と〈うわさ〉……『群像』一九八三年十二月号

XII 「きけん」という階段のある家……『文學界』一九八九年一月号
XIII 母語と外国語……『文學界』一九九四年八月号
XIV 変幻する「私」……『文學界』一九九九年六月号
XV マイノリティー文学のために……『群像』一九九九年九月号
XVI 狐の仔、油揚げを喰ひたる事——追悼のために……『群像』二〇一六年四月号
対談「なぜ、小説か」……『早稲田文学』一九九七年十一月号

川村湊（Kawamura, Minato）

一九五一年二月、網走市に生まれる。文芸評論家。一九八一年「異様なるものをめぐって——徒然草論」で群像新人文学賞（評論部門）優秀作受賞。一九九三年から二〇〇九年まで、十七年間にわたり毎日新聞で文芸時評を担当。木山捷平文学賞はじめ多くの文学賞の選考委員を務める。二〇一七年まで法政大学教授。

著書に、『異様の領域』（国文社、一九八三年）、『批評という物語』（国文社、一九八五年）、『〈酔いどれ船〉の青春』（講談社、一九八五年。のちにインパクト出版会より復刊）、『音は幻』（国文社、一九八七年）、『アジアという鏡』（思潮社、一九八九年）、『異郷の昭和文学』（岩波新書、一九九〇年）、『言霊と他界』（講談社、一九九〇年。のちに講談社学術文庫）、『近世狂言綺語列伝』（福武書店、一九九一年）、『マザー・アジアの旅人』（人文書院、一九九二年）、『南洋・樺太の日本文学』（筑摩書房、一九九四年。平林たい子文学賞受賞）、『海を渡った日本語』（青土社、一九九四年）、『「大東亜民俗学」の虚実』（講談社、一九九六年）、『満洲崩壊』（文藝春秋、一九九七年）、『戦後批評論』（講談社、一九九八年）、『妓生』（作品社、二〇〇一年）、『補陀落』（作品社、二〇〇四年。伊藤整文学賞受賞）、『牛頭天王と蘇民将来伝説』（作品社、二〇〇七年。読売文学賞受賞）、『温泉文学論』（新潮新書、二〇〇八年）、『文芸時評 １９９３-２００７』（水声社、二〇〇八年）、『狼疾正伝』（河出書房新社、二〇〇九年）、『異端の匣』（河出書房新社、二〇一一年）、『福島原発人災記』（現代書館、二〇一一年）、『紙の砦』（インパクト出版会、二〇一五年）、『戦争の谺』（白水社、二〇一五年）他多数。

『川村湊自撰集』全五巻（作品社、二〇一五－一六）

第一巻　古典・近世文学編／第二巻　近代文学編／第三巻　現代文学編／第四巻アジア・植民地文学編／第五巻　民俗・信仰・紀行編

カバー写真提供：朝日新聞フォトアーカイブ　撮影：白井伸洋

津島佑子　光と水は地を覆えり

二〇一八年一月二二日　初版第一刷発行

著者　川村湊

装幀　間村俊一
発行者　丸山哲郎
発行所　株式会社インスクリプト
東京都千代田区神田神保町一－一四
一〇一－〇〇五一
電話　〇三－五二一七－四六八六
FAX　〇三－五二一七－四七一五
www.inscript.co.jp

印刷・製本　三松堂印刷株式会社

ISBN978-4-900997-70-7　Printed in Japan

［既刊書より］

夢の歌から　津島佑子

地上の悲惨を超えて、ひびきつづける「夢の歌」――。3・11後の世界へ、怒りと希望を携えて、たゆまず語り続けた、最後のエッセイ集。

四六判上製　三五二頁　二七〇〇円

坂口安吾論　柄谷行人

反戦・反軍備、非暴力、反ネーション、そして九条擁護、……、今こそアクチュアルな安吾の全貌を示す、柄谷安吾論の集大成！

四六判上製　二七六頁　二六〇〇円

中上健次集　全十巻

四六判上製平均四七〇頁

一　岬、十九歳の地図、他十三篇（第四回配本）［解説：大塚英志］　三九〇〇円
二　熊野集、化粧、蛇淫（最終回配本、二〇一八年二月予定）［解説：斎藤環］　三九〇〇円
三　鳳仙花、水の女（第六回配本）［解説：堀江敏幸］　三六〇〇円
四　紀州、物語の系譜、他二十二篇（第八回配本）［解説：髙村薫］　三六〇〇円
五　枯木灘、覇王の七日（第七回配本）［解説：奥泉光］　三五〇〇円
六　地の果て 至上の時（第五回配本）［解説：いとうせいこう］　三六〇〇円
七　千年の愉楽、奇蹟（第一回配本）［解説：阿部和重］　三七〇〇円
八　紀伊物語、火まつり（第三回配本）［解説：中上紀］　三五〇〇円
九　重力の都、宇津保物語、他八篇（第二回配本）［解説：安藤礼二］　三五〇〇円
十　野性の火炎樹、熱風、他十一篇（第九回配本）［解説：大澤真幸］　四〇〇〇円